第 27 届中国新闻奖获奖作品新媒体展示手册
编委会名单

主　编：殷陆君　高晓虹
编　委：柳婷婷
编　审：赵淑萍　付海钲
策　划：程素琴　陈欣钢
编　辑：顾　洁
文　案：叶明睿
资　料：赵希婧　王婧雯
制　作：王　恬　戎　融　周　蕴　肖曼利　蔡艺芃
　　　　刘艺璇　林思雨　董思成　王中旭　刘紫君
　　　　李　竞　蔡　雨　张淑君　周梦蝶　王欣荣
　　　　贺书琛　李思婉

第27届中国新闻奖获奖作品新媒体展示手册

殷陆君　高晓虹　主编

中国传媒大学出版社
·北京·

序

殷陆君　柳婷婷　李晓

2017年是极不平凡的一年。新闻界围绕主题主线，做好迎接宣传贯彻党的十九大的各项工作，唱响主旋律，凝聚正能量，新闻宣传面貌气象一新。中国记协在习近平新时代中国特色社会主义思想指引下，做好第27届中国新闻奖评选工作，揭晓了前一年度优秀新闻作品。这些获奖作品主题鲜明，比较生动地反映了过去一年在以习近平同志为核心的党中央坚强领导下全党全国各领域取得的新成就，体现了中国特色社会主义事业建设的新成绩，展示了全国各族人民为决胜全面建成小康社会、夺取新时代中国特色社会主义伟大胜利、实现中华民族伟大复兴的中国梦而不懈奋斗的新面貌。中国新闻奖获奖作品题材广泛、水平较高，比较全面地展示了一年来全国新闻界坚持"四个意识"、坚定"四个自信"，保持人民情怀，记录伟大时代，讲好中国故事、传播中国声音的新成果，体现了新闻工作者坚持"四向四做"，深入拓展"走转改"，坚持新闻规律，推动媒体融合，努力增强传播力、引导力、影响力和公信力的新成效。

中国新闻奖评奖办和中国传媒大学再次合作，编辑获奖作品新媒体展示手册，旨在生动呈现优秀作品，汇编结集多次传播，发挥优秀示范作用，推动新闻界总结过去、发现规律，提炼一些优秀作品的共同特点，记录和评估上一年度各新闻单位采写创制优秀新闻作品的基本历程，更重要的是面向未来、指出方向，激励新闻界和新闻工作者在习近平新时代中国特色社会主义思想指引下，继往开来、开拓前进，真实记录伟大时代、提高舆论引导水平，为全党全国工作大局作更大贡献。

什么是好新闻？多年来，中国新闻奖评委会倡导坚持正确的政治方向、舆论导向、价值取向和工作志向，注重作品的新闻价值和传播实效，努力发挥优秀新闻作品对全国新闻界的示范作用。新闻作品体现新闻观，对于做好党的新闻舆论工作意义重大。导向正确的新闻报道是社会的"黏合剂"、发展的"推动器"、稳定的"定盘星"。中国新闻奖作为优秀作品的展示平台，必须把政治方向放在首位，生动地体现、全面地贯彻党性原则、马克思主义新闻观，坚持正确的舆论导向和团结稳定鼓劲、正面宣传为主的基本方针；必须符合社会主义核心价值观，有利于提高国家文化软实力，振奋人们的精气神。

好的新闻报道，及时把人民群众创造的经验和面临的实际情况反映出来，丰富人民精神世界、增强人民精神力量，就是履行党的"喉舌"作用和贯彻以人民为中心的工作导向的有机体现，也是新闻工作者的努力方向。福建赤溪村在中国扶贫事业发展史上具有重要意义，《"中国扶贫第一村"赤溪村的幸福嬗变》通过专访赤溪村脱贫攻坚的亲历者和推动者，全面回顾福建赤溪村脱贫攻坚历程，生动挖掘人民群众在党的领导下艰苦奋斗、攻坚克难的背后故事，鼓舞人民群众意气风发决胜全面建成小康社会，既展示了中国特色扶贫脱贫道路的光明前景，又生动体现了新时代新闻舆论工作者"保持人民情怀，记录伟大时代"的优良作风。

真实性是新闻的生命。新闻报道要根据事实来描述事实，不仅要准确报道个别事实，而且要从宏观上把握和反映事件或事物的全貌。中央电视台记者五次往返"悬崖村"，与村民同吃同住近一个月，在昭觉县采访近50天，历经6个月的时间最终完成《"悬崖村"扶贫纪事》这部作品，用精准的数据、生动的人物对话与客观的故事情节，真实记录悬崖村脱贫致富的艰辛历程，令人信服。真实呈现事件的原委，客观反映事物的本质是新闻报道的基本要义，优秀的新闻作品只有把牢"真实"这一关才能提升自身的传播力、引导力、影响力和公信力。新闻报道是否真实可信，可以从信息获取和信息验证两个维度进行衡量。优秀的新闻报道离不开丰富、鲜活的素材，记者只有走到基层一线的最前沿，走到人民群众的劳动中，走到新闻事件的现场里，才能捕捉新闻细节、发现新闻人物、挖掘新闻故事。新闻报道还得反复考证，要经得住逻辑推敲。所谓"巧妇难为无米之炊"，占有新闻素材的多寡直接决定着新闻报道的质量。但是，充足的新闻素材并不等于新闻事实。新闻事件总在不断发展变化之中，新闻报道也要遵循变化发展的辩证法。这就要求记者既要有敏锐的洞察与甄别能力，又要深度挖掘、及时验证各种信息之间的内在关系，经得住逻辑推敲。

核心价值观是人民的精神支柱和行动向导。好的新闻作品必须符合社会主义核心价值观，有利于提高国家文化软实力，振奋人们的精气神，铸就自立于世界民族之林的中国精神。评论《以信仰之光照亮奋斗之路》将中国共产党95年的历史，放到改变中国命运的历程中考量，呈现共产党人坚守共产主义理想、坚持和发展马克思主义所取得的辉煌成就和伟大业绩。既有历史纵深，又有现实观照；既有理论深度，又有实践思考，在众声喧哗中定基调，在思想激荡中立主见，在人流涌动中举旗帜，导向作用明显。通讯《"新愚公"李保国》《巡视组长——追记李泉新》等以故事打动人、以情节感染人，淋漓尽致地展现出主人公高风亮节的精神品格，生动体现社会主义核心价值，激励人心。

新时代的好作品要有更加开阔的视野，生动讲述中国故事。中国是世界的中国，今天的中国正在走近世界舞台的中央，离实现中华民族伟大复兴中国梦的目标越来越近。中国大事有外溢效应，国际事件也影响国内，成为一种常态。对内报道要有外宣意识，考虑国际影响；对外报道要有内宣意识，重视国内受众的感受。对内对外宣传都要讲导向，如此才能达到"团结人民、鼓舞士气、澄清谬误、明辨是非"的宣传效果。《走向经济治理现代化的中国探索》围绕新常态下中国如何走向经济治理现代化的论题，以"怎么看""怎么干"为视角，系统地阐述了习近平总书记的经济思想，以坚定的政治定力、正确的政治立场，奏响经济宣传的"黄钟大吕"，及时回应外媒唱衰中国经济的论调，也给国人吃了一颗"定心丸"。《锦绣记（海外版）》用讲故事的方式，呈现中国悠久灿烂的蚕桑技艺和丝绸文化，让世界看到中国人对传统技艺的传承和创新，是展现中国文化自信和文化创新的一次成功实践。《东京审判》围绕最新的学术研究、文献证据，独家展现海内外罕见影像资料，采访国际专家、亲历者及后人，向国际社会力证东京审判是一场文明、正义、公正的审判，起到了良好的舆论引导作用。

选择什么样的题材做新闻报道？怎样选择新闻素材？这是做好新闻报道的开始，也是新闻工作者采访、写作、呈现的重要基础。好新闻在选题方面要兼具新闻价值与社会价值。所谓新闻价值，既要充分考量新闻事件的时效性、重要性、新奇性，又要考虑采用切入视角的独创性、特殊性甚至唯一性；所谓社会价值则强调新闻在记录反映时代、增进主流价值共识、促进社会问题解决、提供社会治理对策方面产生的重要影响。统观第27届中国新闻奖获奖作品，它们在选题上呈现"横看成岭侧成峰，远近高低各不同"的特点。同一事件，视角不同，呈现千差万别，效果自然不一样。梳理不同作品的选题方法，有以下三个典型性特点：一是强调大主题中的小情节，做到"得其一鳞一爪，不必观其全身"。在选题立意方面坚持从大局着眼、小处着手，精心剪裁、严格挑选出诸多具有典型意义，能反映事件本质特征的小情节、小片段，并且做到围绕主题、详略得当地谋篇布局，呈现化大为小、小中见大的表现效果。二是反映小故事里的大时代，做到"一粒砂里见世界，半瓣花上说人情"。统观本届优秀通讯作品，虽然叙事风格各有千秋，但大都是把主旨思想包裹在具体的事件之中，在故事讲述中生动展现内涵，让受众主动发现主题。它们将"人民"与"时代"的具体含义浓缩到生动而鲜活的故事文本中，通过人物对话、环境描写、场景设置等多元化的叙事元素，细致入微地呈现故事中的情节、情感和深刻寓意，发人深省、引人入胜。《别了，白家庄矿》以供给侧结构性改革和精准扶贫为宏观背景，从小人物曲折感人的故事中寻找突破口，以小见大、以情感人，收到良好的社会效果。文本结构紧凑，线索设定巧妙，情节铺陈得当，以白家庄矿的两对父子矿工为切入点，以"告别"为契机，以"新生"为内核，历史与现实交织呼应，将"去产能"的重大意义灌注于两对父子的感人故事中。《老郭脱贫记》选取了河南省封丘县贫困户郭祖彬的脱贫故事，从因病致贫到带头致富的转变中，呈现脱贫攻坚一线中具有内生动力的典型人物，有情节、见精神。三是挖掘旧话题里的新气象，做到"删繁就简三秋树，领异标新二月花"。好选题么得益于新闻事件本身的独特性和唯一性，要么得益于在老生常谈的话题中独辟蹊径，达到"旧瓶装新酒"的效果。本届不少优秀新闻作品便是充分利用了后一种选题技巧，在情理之中的普遍事件中，找到出人意料的特殊问题，于旧话题中呈现新气象。"粮食问题"曾无数次见诸报端，但《产粮大省何以出现"买粮难"》一文则从河南省小麦连年增产的普遍现象中发现"守着粮仓缺麦子"的特殊问题。记者由表及里、深入调研，从农业供给侧结构性改革角度，分析小麦生产领域买卖"两难并存"等新情况，揭示种植结构和市场需求的不对称甚至严重脱节是根本原因，从而提出了一个关系我国粮食安全的重大问题，具有较强的现实意义和决策参考价值。

语言洗练、内涵丰富是本届优秀新闻作品的一个特色。语言表达对于新闻作品至关重要，它是传递新闻信息的物质载体，是新闻报道的最基本元素，决定着作品的基本呈现效果。本届不少获奖作品在语言表达上"内外兼修"，既"形式美"又"内容实"。内容决定形式，形式呈现内容，两者相互统一，相互补充。"形式美"强调语言准确规范、简洁洗练、通俗易懂；"内容实"重在说明言简意赅的语言形式背后传达出更为充实、丰富、深刻的思想内涵，呈现言有尽而意无穷的表达效果，说明作者下了一番功夫。短小精悍、简洁洗练是清新文风的基本要求。《究竟谁在破坏国际法》《滥诉、妄裁和霸权难撼中国维护领土主权的决心》删繁就简、语言洗练、深入浅出、鞭辟入里,在重大国际问题上及时发声、有力回应。新闻要有广泛的受众,就要通俗易懂,主动运用群众语言、回归现实生活,不舞文弄墨、不抖知识点,才能提高可读性和耐读性,推出接地气、聚人气、冒热气的好作品。《三十年回望塔元庄》文笔生动、内容鲜活,将中央精神与基层实践有机结合,以"沾泥土""带露珠"的语言绘就一幅新农村建设的全景图,生动展示作品的思想性与人文性。在信息繁杂、价值多元的时代,新闻作品想要先声夺人就必须让人能"听得到",并且"听得进"。此时,通过语言形式所呈现的表达内容能否直抵人心至关重要。如何用深入浅出、言简意赅的语言把复杂深刻的内容表达清楚,并且让读者在通俗之中体会专业内容的充实?评论专栏《长安观察》注重"说大白话",没有掉书袋的冗赘,也没有操弄外来语的晦涩,着力从现实中凝练、揭示问题本质,不发空论,切中肯綮,使表达实现了专业和通俗的统一。《之江观察》专栏探索评论领域的"走转改",为评论写作嵌入调研元素,以充实创作内容。该专栏鼓励评论员走进基层,就一个地区、一个领域的创新实践、发展气象乃至困惑问题开展深度调研,进而写出既有感性观察又有理性思索的新型评论文本。如《一次决策调研的大逻辑》《如何做好"返乡观察"》《特色小镇"落榜生"的启示》《垃圾治理 永不止步》《河长制 2.0 时代,浙江怎么干》等生动鲜活、吐露芬芳的评论观察,既提供了外界看浙江的窗口,也为基层治理提供有益启示,体现了党报评论文章内容的厚度与思想的深度。

　　本届中国新闻奖获奖作品的另一个显著特点,是更加重视丰富的形式和精彩的内容的共同呈现,新闻版面和新闻摄影作品、新闻漫画不但有新的特色,而且在新闻作品呈现方面体现了媒体融合发展的新进步。特别是在新闻专栏、网络、国际传播等方面涌现了一批内容优质、有广泛而良好社会反响、体现技术创新特点的"现象级"新闻作品,反映了传统媒体和新兴媒体融合发展的新进展。本届共评选出 24 件媒体融合获奖作品,其中一等奖 5 件,二等奖 6 件,三等奖 13 件,占总数的 8%。内容优质是根本原因。遵循新闻传播规律和新媒体发展规律,是媒体融合的根本,也是新闻作品创新传播的关键。不少作品在"准""新""微""快"四个方面有所突破。恪守新闻真实性原则,把准导向与方向;移动新闻产品具有创新内容表达、丰富呈现形式的特点;鲜活快捷、短小精悍,推出更多微内容、微信息,适应碎片化阅读特点;报道时即时采集、即时推送,迅速送达用户,在传播中抢得先机。《中国一点都不能少》针对"菲律宾南海仲裁案"及时推出新媒体报道,第一时间表达中国态度、中国立场,先声夺人、以正视听,重视传播节奏和时效度的结合,体现了"准"与"快";在结合 H5 动图、短视频、海报、九宫格图解等形式的基础上,配发深度评论文章解读说理、答疑释惑,将"内容+技术""内容+观点"深度融合,体现了"新"与"微",成功地赢得受众较高的点击率和巨大流量。技术创新是根本动力。以先进技术为支撑,用最新的技术提升采编能力,拓宽传播领域,是融合发展的重要推动力,也是优秀作品成功的重要基础。《网上重走长征路之"征程"——红军长征全景交互地图》就是将技术创新进行了充分应用的佳作:打开页面即可一目了然了解长征路线全貌,通过视频穿插加三维模拟技术衔接入长征沿途各点,以基于卫星遥感图像的虚拟景观地图,呈现出长征过程中不同地区的地形特点及天气特点。作品全程融入互动、问答、直播、VR、无人机、影视剪辑等技术，让网民产生代入感，跟随漫游路线，感受到长征强烈的历史感和红色精神。"化学反应"是关键要素。用互联网思维进行理念观念创新，推动新闻媒体体制机制转变是必由之路。媒体要发生融为一体、合而为一的化学反应，必须解决采编发流程再造这一难题。获特别奖的名专栏《新华全媒头条》建设"中央厨房"指挥平台，通过充分整合新华社优质资源，发挥国内外分社联动效应，围绕重大活动、重点选题、重要人物组织策划报道，按照各媒体终端传播的不同要求，进行分类采写、适配制作、多元发布、统分结合，实现了传统媒体业务和新媒体业务从"相加"到"相融"，从"物理聚合"到"化学反应"，从"两张皮"到"一盘棋"的转变。一部优秀的媒体融合作品和专栏背后折射的组织指挥一体化、采集编辑集约化、产品制作全媒化、流程管理矩阵化的采编发流程再造带来的新成果，是"一次采集、多种产品、多媒体传播"的新工作格局。

不少优秀新闻作品传播力强、影响广泛。本次新闻评选中，涌现出不少阅读量逾10万的"现象级"作品，引发了线上线下受众的广泛关注。新闻作品的传播效果，归根结底还要看受众的接受程度。受众感受不好，报道再多也是孤芳自赏；社会共识不高，包装再好也是顾影自怜。要改变新闻报道中假大空式地喊口号，足不出户就提对策的老思维、老套路，还需有问题意识，在"用户"上下功夫，由媒体"上菜"变为用户"选菜"，不断提高针对不同口味受众的"烹饪水平"。《新华社特约记者太空日记》创新性设置议题，用互联网思维构建报道视角，注重人文关怀、突出与受众的互动，以文、图、视频、网络等多种方式立体式呈现，从不同层面为受众提供有效信息。《您好，马克思》以主题鲜明的原创视频、原创报道和交互性强、表现形式多样的图表、H5、公众号文章等形式形成聚合效应，点燃了年轻群体认识、了解马克思的热情。

注重社会效果才能提高影响力。一部经得起当下检验、历史淬炼的优秀新闻作品，不仅能引发受众情感共鸣、引导社会舆论发展、凝聚核心价值共识，还可以为国家出台公共政策提供咨政依据，为根除社会沉疴旧疾提供对路良方。深度报道专栏《人民眼》以"顶天立地研究问题""吃透两头讲好故事"为遵循，以推出有思想、有温度、有品质的新闻作品为旨归，直面问题、扎实采访、客观报道，集纳了一系列传得开叫得响、制作精良的作品，也切实推动了实际工作的开展。《拿什么拯救你，一"号"难求》《"农改居"：农民的权益只能增不能减》等作品深入调研、扎实采访，反映群众呼声，回应基层关切，所提意见具有建设性，产生了良好的社会效果。

新闻舆论工作者是党的政策主张的传播者，是时代风云的记录者，是社会进步的推动者，是公平正义的守望者。中国新闻奖获奖作品充分体现了职责使命：既坚持团结稳定鼓劲、正面宣传为主的方针，又体现有力有效的舆论监督。一些作品直面工作中存在的问题，揭露社会丑恶现象，激浊扬清、针砭时弊，客观、准确、全面地报道事实，展示了媒体良好的社会责任，也把正确的舆论导向体现到新闻舆论工作的各个方面、各个环节，体现到每一篇新闻作品中去。《安徽宿州宋庙小学"要求受助贫困生出钱请吃饭事件"调查》以解剖"麻雀"的方式，完整呈现事件所暴露出的基层政治生态，通过揭露种种社会问题，发挥新闻舆论监督的作用，为全面从严治党向基层延伸、厚植党的执政基础提供了一个生动样本。《谁制造了"毒跑道"》通过对毒跑道生产、销售、铺设、使用的来龙去脉进行独家调查采访，揭开了国内塑胶跑道行业无规、暴利的内幕。不仅对事件本身起到答疑解惑、正本清源的作用，也为国家制定法律法规提供了强有力的事实依据。《幸存者——见证南京1937》之《沉默的伤痕》以五位健在的、具有代表性的南京大屠杀幸存者为拍摄对象，通过远赴海外挖掘影像、史料，采访海外研究专家的形式，真实再现侵华日军在南京犯下的暴行，成为第一次为南京大屠杀幸存者集体留影，第一次完整讲述幸存者人生故事的纪录片。创作者在坚持客观性的基础上为历史正名。

新时代如何讲好中国故事？中国已经进入新时代，面对全球经济社会发展和传媒格局的新变化，我们有责任也有条件向世界传播自己的主张、弘扬自己的价值、讲好自己的故事，培育与我国国际地位相匹配的国际传播能力，以更加全面、真实、鲜活的形象，让外国受众读懂中国、理解中国、信任中国。一是讲什么故事，要心里有数。把我们"要讲的"和国外受众"想听的"结合起来，做好差异化、分众化传播。媒体要用国外受众"乐于接受的方式、易于理解的语言"打造融通世界的故事载体，构建融合中外的话语体系。在符合中国特色、中国国情的范畴内，形成属于中国的修辞、语言、语境；同时考虑到外国受众的理解方式、表达方式和长期的文化价值理念，把"自己主动讲"和"请别人讲好"结合起来，增强议题设置能力。议题设置是对外传播的关键环节，是提高新闻舆论引导力、把握话语主动权的重要内容，要围绕涉华舆论重点、热点问题进行充分研究，不回避、不绕弯，正视发展中的矛盾问题，真实传达中国的价值理念，有效引导国际舆论公正、理性地接受和理解一个多元的中国；要把"陈情"与"说理"结合起来，选取与人们息息相关的故事载体，通过以小事件透视大时代、以小人物折射大变化、以小故事揭示大趋势的方式寻找情感的共鸣，实现文化的共通。要善于"借嘴说话""借筒传声"，向世界传达中国立场。《普京接受新华社社长独家专访 表示期待打造更紧密俄中伙伴关系》一文通过精准把控议题设置，抓住中俄利益交汇点、话语共同点和情感共鸣点，达到了巧妙引导对话者的目的。作品通过普京之口，向全世界传播了中国立场，实现了传播内容的有效放大和传播效果的成倍增加，有力唱响了中俄全面战略协作伙伴关系光明论。二是讲中国故事，要有能力。要把握关键，讲好故事。故事形式要新。创新是驱动新闻作品精益求精的内在引擎，要结合媒体自身特点，扬长补短，创新表现手法和手段，讲出既有新闻性又有思想性，既有生活性又有思辨性的中国新故事。主题切入要快，要精心挑选、取舍新闻素材，简明扼要地介绍主要新闻要素，围绕主题、快速入题，不拖沓、不模糊、清晰明了。故事细节要实。一篇报道，往往让读者记忆犹新的还是某一处与众不同的细节。所以要适当地对新闻的细节进行强调与放大，营造出一种身临其境的感觉，提高说服力与感染力。故事顺序要巧。将客观真实的新闻素材进行巧妙编排，适当设置悬念，呈现故事中的情节性和曲折性，达到一波三折的效果，带动受众的情绪，满足受众探求真相的求知欲望。传播手段要多。在媒体格局发生巨变的今天，新闻报道也要适应融合发展的趋势，跟上时代发展的节拍。充分借用新媒体的平台，第一时间将收集到的信息进行分类整理，从而进行准确、高效的新闻传播，做到既应用新媒介，又快于新媒介的内容宣传速度。增强与受众的互动性。引入新媒体介质，增加用户的参与程度，提高新闻吸引力。无论是报社、通讯社还是广播电视台,谁能下好媒体融合这步先手棋,谁就可以在新闻传播格局剧变的今天占据有利地位。传统媒体要发挥自身"内容优势"之长,利用新媒体的技术优势和传播优势,以"互联网+"的思维方式开展新闻传播实践,实现从"相加"到"相融",充分打破行业壁垒、专业壁垒、职业壁垒和媒介壁垒,深化拓展媒体融合的路径。媒体要在资金、技术研发、人才引进等方面加大投入,充分利用好大数据、云计算、人工智能等新技术,推动媒体融合发展。优质内容是优秀新闻作品的根本。要充分发挥传统优势,在议题设置、话语把控、表达方式、价值坚守等方面做强、做优,把内容做好、做精、做出特色。在回归新闻内容的本质的同时,把新技术应用好,建设好新平台、新载体,实现内容优势与技术优势的"双轮驱动""两翼齐飞"。三是讲好中国故事,要有好效果。切实把握好"时度效"。"时"既强调首发效应,又注重把握节奏。要针对国外受众的阅读习惯、阅读方式,借用移动端社交平台,做到量体裁衣、精准推送;要把握好传播时机,顺势而为、因时而动,不超前、不滞后,在时间上把握好火候。"度"强调要讲究传播策略,找准角度、掌握力度、挖掘深度、呈现温度。以适合本土化、区域化的内容产品传递中国价值、传达中国声音。如《我们的〈更路簿〉——三沙属于中国的历史证据》从普通渔民记忆中的故事为切口,例证中国享有南海行政管辖权的不争事实,成为回应"南海仲裁案"的外宣佳作。"效"是对新闻作品的最终检验,可以通过发挥媒体融合的传播优势、发挥既有国际影响力的公众人物的作用、加强中外媒体交流合作等方式提高传播效果。

我们在总结优秀作品的成功之道时,也要充分认识落选作品的不足之处,同时也要看到一些获奖作品的"白璧微瑕",客观分析它,为以后中国新闻奖评选提供有益镜鉴。主要问题有导向偏差,值得商榷;题材单一,新闻性差;信息失真,存在误差;表达失范,语言枯燥等。话题陈旧、缺乏创新也是一个明显问题,有些作品偏向于国际重大事件,但"大事件"没有找到"新切口",导致题材雷同化、同质化。与此同时,相关作品多是围绕事实层面,以短消息的方式泛泛而谈、碎片化呈现,少见深度调研、跟踪报道、专题系列报道。有些作品全球化视角不足,受众主体意识不够,无论是语言的表述、内容的架构还是价值理念蕴涵都只顾自说自话、自圆其说,缺乏对海外受众主体意识的关注,缺乏用他人易接受的方式讲中国故事的能力,缺乏在保证"中国观点、全球视野"的前提下适应本土化传播、适应本土化阅读的对外传播模式。

新时代如何创作新闻精品?我们认为,要善于统筹"发现力""表现力",采写好新闻。提高新闻发现力,要求记者善于从重大题材中发现新闻。重大题材往往反映着社会发展的进程、标注着时代前进的方位,是讲好中国故事的素材库,是人民获得感、正能量的聚集区。如何从这些重大题材中,写出超常规的作品,要求记者善于抓住大主题中的小细节,挖掘大时代里的小故事,以发展的眼光把握整个新闻事件的发展历程,在旧话题中发现新思路。提高发现力,要求记者坚持正确的舆论导向,统筹社会价值与新闻价值两个追求。坚持正确的舆论导向,就要坚持用马克思主义新闻观指导发现新闻的过程,做到学而信、学而行、学而用,解决好"我是谁""为了谁""依靠谁"的根本问题。坚持社会价值就是符合社会主义核心价值观基本要求,推动社会问题的解决,为社会治理提供咨政意见;坚持新闻价值就是要在尊重新闻真实性的基础上,切入角度有所创新，注重时效、性质、范围等特点。两者共同构成新闻发现的价值遵循，并且与坚持正确的舆论导向相统一。提高发现力，要培养记者创造性采访的能力，在看似"荒漠"的角落发现新闻的"绿洲"。记者的创造性劳动，要求在脚力、眼力、笔力、脑力"四力"上下功夫。脚力到位，笔力才能厚重；眼光敏锐，思想才能独到。提高作品表现力，要深入挖掘和全面展示新闻事实。细节，是指作品中描绘人物性格、事实场景、自然环境、故事情节等最小组成单位，是通讯、特写、报告文学等新闻作品表现主题的重要手段。所谓细节之处见精神，细节之处打动人，好记者要善于在真实的世界里发现细节、积累细节，在充分掌握细节之后，还要善于构思，巧妙运用，从而丰厚主题，突出思想内涵，激发摄人心魄的力量。增强表现力，要形成好文风，提升文字表达能力。编筐编篓，全在收口。好文风、好文字是检验作品优劣的"重要指标"。这就要求记者不断创新报道手段与方法，自觉运用群众语言，选择平民视角、饱含人文关怀，用讲故事的方式，将通俗易懂的生活化语言呈现出来，使语言文字的表达回归生活，更加接地气、聚人气、冒热气。当然，文风、文字改善的背后，更需要工作方法的改进，这需要坚持马克思主义新闻观指导实践，在选题上更加务实、不回避难点；在报道视角上更加亲民、不刻意拔高，始终保持人民情怀，记录伟大时代。

新时代如何创作新闻精品？我们认为，新闻单位和新闻人要把新闻作品放在工作的重要位置。在媒体融合迅猛发展的大背景下，在新闻观点众说纷纭的大潮下，新闻媒体和新闻人要花大力气、用深功夫，研究新闻创优创新，这是新闻媒体对国家大局的重要担当，也是新闻工作者对行业全局的独特贡献。因为它体现了追根溯源、固本开新：新闻创优，就是新闻单位的主业；精品佳作，就是新闻单位的主课；先进人才，就是新闻单位的主力。根深叶茂材成，时雨润物；主业主课主力，朗月照人。培育主力军，才能打好主动仗；创新主栏目，才能擦亮主品牌；弘扬主旋律，才能巩固主阵地。

为学深知书有味，观心澄觉湖生光。对优秀新闻作品进行创制，需要将其放在更宽广的视域、更纵深的方位、更全面的维度来思考。不少优秀的新闻作品有大、高、新、情的特点。大，体视视野格局大方，题材全区域、深层次、与新时代契合。高，占领时代精神高地，主题政治性、先进性、群众性结合。新，展示热情清新表达，彰显媒体形态、新闻语态、记者状态融合。情，表现党和人民深情，吻合人间情谊、记者情趣、新闻情怀。

我们希望创制优秀新闻作品时还能在短、精、佳、久四字上再做些文章。

在互联网、移动化、大数据支撑的现代传播时代，快捷送达成为传播力的首要选择，短小精悍成为浅阅读的重要支撑。虽然新闻关键在价值，不必在长短上纠结，但是我们应在内容丰富和表达简洁的结合上努力追求简约，突出内涵、体现内蕴、表达内敛，使之尽量简短些再简短些。

在浅阅读、巨量性、碎片化的现代信息时代，内容精练成为引导力的重要基础，产品精致成为好阅读的基本特征。虽然新闻可能"只有一日之辉煌"，不必在过度雕琢上纠缠，但是我们应在形式和内容的结合中更加重视提炼主题，引领时代、激荡人心；在新闻和宣传的结合中更加重视传播观点，引领导向、深入人心；在题材和表达的结合中更加重视创新意味，引领时尚、直抵人心。

在分层化、分众化、分时化的现代阅读时代，有些意义成为影响力的基本要素，有点意思成为爱阅读的第一特点。虽然新闻很难个性鲜明，不必在条条满意上苛求，但是我们应在受众叫好和社会叫座的结合中寻求更佳落点，体现天下心、时代气、新闻味；在联通全国和服务社会中寻求更佳体现，展示中国派、文化范、特色情；在传播各方和到达各位的结合中追求更佳表现，提高点击量、阅读率、互动性。

在更聪明、更谨慎、更智慧的现代受众时代，全面准确成为公信力的关键要求，精到有益成为常阅读的核心需求。虽然新闻可能就是"易碎残片"、只是"历史草稿"，不必在一次到位上苦磨，但是我们应在快速传播和精准深全的结合上更加敬畏每一条新闻，深入采访、细核写实、深刻把握；在主动引导和贴近服务的结合上更加重视尊重每位受众，发现需求、培育习惯、长久服务；在传统媒体和现代传播的结合上更加重视每时每刻，各种形态、各展所长、各美其美。

为了满足受众浅阅读、好阅读、爱阅读、常阅读需求，为了挖掘市场的深阅读、新阅读、久阅读、多阅读需求，新闻人需要比受众更多的耐心，才能保持热度、黏性；需要比常人更多的付出，才能挖掘更多的甜点、痛点；需要比常态更久的坚持，才能得到更多的信任、市场。

可以思考的还有更多，比方说创新扶贫报道，我们可以从故事角度、东南西北维度、美好生活高度、扶贫扶智深度，描画思想精神大餐、传统现代交响、直播现场活剧，体现尊崇传统文化、珍爱民俗文化、展示地域文化，这是把优秀传统文化往下切、往里切、往实切的一种体现，将来是否还可以从更多角度、更广维度、更全方位来把握？

再比如带队育人，走转改往往体现新闻人对特色地区、基层一线、偏远角落的深厚情意，对新闻职业、新闻事业、新闻行业的追求情趣，对国家、人民、生活的深沉情怀。我们观察优秀新闻作品背后，可以看到记者的成长心路：只有愿意到一般人不愿意到的角落采访，发现太阳可能照不全的角落，发掘普通人的亮点，才能采编制播好的电视作品，触动你我内心才会感动他人。我们可以看到年轻记者的成功探索：既要有勇敢做新节目的锐气，又得有刻苦做好节目的追求，还得有创意玩节目的感觉。由此，我们还可以思考新时代新闻人的成才路径：精明，须有计利当计天下利的大算法；洞明，得有发现美的眼睛、表现新的敏锐、透视深的能量；聪明，须有简洁精练细腻描摹当代最新、当下最小、当时最快的好功夫；高明，得有我手写我心、体味人情温暖、捕捉瞬间光辉、表达目标希望的能力。

媒体融合时代，新闻作品的形态、形式、内容、体裁面临创新的机遇，创制优秀新闻作品的理念、观念、方法、手段需要不断创新，创制优秀新闻作品的体制、机制、平台、载体也需要不断改革。新闻单位要树立新闻立社（台）、质量兴社（台）、队伍强社（台）的全局意识，培育练兵炼心、凝神聚气、树人立德、摄魂壮志的战略思路；借用外脑、催化内部、激活内心，由一到十、由此及彼、以点带面，促进媒体骨干于活成事、总结成理、研究成文、创新成风，希望从"术"到"道"再有一次飞跃。问题是时代的声音，值得思考；服务是最好的管理，值得体味；长远是最好的目标，值得想象。

新闻重在新、要在实、快在短、严在准、难在精。好的新闻舆论传播体现在权威、主流、公信力、广影响、好引导上。对应全国历来经典作品的高标准，不少优秀作品还可以做得更好:已经减得较短,还可以减得更适;已经做得较精,还可雕得更精;已经把握较好,还可以把握更好;已经坚持许久,还可以坚持更久。

今天做新闻,和过去相比,有时代难题,也有专业问题。需要有破有立、破立并举,立为目的、好为标准,实事求是、解决问题。

新时代做好新闻,我们要更加重视把中华文化做雅出新、让主旋律做亮出味、使好作风做实出彩。更重要的是,在传统和现代之间,在今天和明天之间,在中国和国外之际,我们得想结合、思分类,点到位、动人心,想过程、重结果,愿创新、求实效。努力把握继承和创新的关系,更加重视继承性创新、创新性发展,不忘本来、吸收外来、面向未来;切实把握遵循新闻传播规律和新媒体发展规律的关系,更加重视融合传播、国际传播、后续传播,更加重视因人因地而异,因事因时制宜,讲好故事、传播声音、同频共振;努力把握时度效的关系,不驰空想、不骛虚声、不图虚名,创新为领、适时为佳、到位为度,重在长远、贵在坚持、久久为功。

中国传媒大学以服务新闻界为己任、以奉献社会为责任,以推动产学研联合为目标、以弘扬优秀精气神为动力,连续三年把中国新闻奖获奖作品以新媒体的形式生动展示、再次呈现,推动多次传播、激励有志者向着远方高山登攀。他们今天所走的每一步都是重要而坚实的。我们相信,他们为新闻工作所做的贡献和努力一定会写在中国新闻界历史上。时间会给为梦想不懈奋斗的人们更多答案启示,历史最终一定也会给予坚持努力的人真正的回报。因为,他们的脚印如此深刻而切实地印在我们的视线里。

希望中国传媒大学所作的努力,成为全国新闻人培养做好新闻的能力、锤炼做好新闻的魅力的重要基石,成为全国新闻单位成功、新闻人成长成才的重要阶梯,成为优秀新闻作品创新传播的重要载体。更期待我们的优秀新闻作品将来更有传播力、引导力、影响力、公信力,更期待全国新闻界出更多政治坚定、引领时代、业务精湛、作风优良、党和人民信赖的优秀新闻人才!

(作者为中国记协国内部、全国三教办干部)

目 录

■文字类

■特别奖
弄潮儿向涛头立/3
以信仰之光照亮奋斗之路/4

■一等奖
1 445种全新病毒科被发现/7
折翼海天,用生命为航母事业铺路 8
供给侧改革需加减法并举/9
走向经济治理现代化的中国探索/10
老郭脱贫记/11
别了,白家庄矿/12
铁纪·铁流/13
安徽宿州宋庙小学"要求受助贫困生出钱请吃饭事件"调查/14
8月7日《宁夏日报》2—3版/15
巡视组长——追记李泉新/16

■二等奖
武城农民率先持证带"权"进城/19
4亿元科研"替代经费"无奈沉睡/20
"亲清八条"构建新型政商关系/21
一项研发将淘汰充电器/22
让干部放手放胆干事创业/23
环境执法"牙齿"越来越硬/24
深夜挨户敲门寻找 救下昏迷夫妇/25
魏则西事件下的污名化狂欢要不得/26
肆无忌惮的权钱"旋转门"/27
为敢担当的干部担当/28
"农改居":农民的权益只能增不能减/29
大学女教师患癌被开除事件调查/30
"网红"手术笔记,折射坚守40年的工匠精神/31
有逃必追 一追到底/32
李保国的最后48小时/33
拿什么拯救你,一"号"难求/34

三十年回望塔元庄/35
"三无"民企离国家大奖有多远/36
产粮大省何以出现"买粮难"/37
我国资本市场开放迈上新台阶/38
"法律诊所"为民除"顽疾"/39
一纸推广证 几多"生意经"/40
求解邻避困境方法论/41
脱贫攻坚日记/42
京城之大,能容得下小小的原子能楼吗?/43
《家庭医生难聚人气 健康档案多成死档》组合报道/44
2月2日《解放军报》头版1版/45
9月5日《河南日报》特刊4-5版/46
"狗不咬"乡长/47
田里的雕像/48

▎三等奖

研究生在陇县当羊倌 瞄的是世界市场空白/51
引江济淮为候鸟调整方案/52
封存公章六十枚 办照仅需一小时/53
36年"捡"出一座图书馆/54
一线代表"接力"建言:艰苦岗位津贴免征个税/55
纳税失信 306人被取消参选资格/56
我市公布首批11个"蜗牛奖"事项/57
梁平率先在全国试点退出承包经营权/58
菲南海仲裁案所谓最终裁决公布 中方强调不接受不承认/59
普光气田技术输出 国外看好国内遇冷/60
Manila Urged to Put Aside Upcoming Ruling(消息人士呼吁菲方搁置即将公布的仲裁结果)/61
海军组织航母编队实际使用武器演习/62
城市建设"慎落子"才能"少悔棋"/63
站在真理和道义的高山上/64
"不怕敏感问题"正是解决问题的开始/65
不能以极端个案指责社会 否定时代/66
民主失算与媒体失范/67
洪水面前,谁都不是旁观者/68
无病呻吟、离经叛道怎能成艺术支点/69
名医进社区 为何遭冷遇/70
探秘"墨子号"/71
让正义不再迟到/72
一个智能马桶就有35项国家专利/73
"先投后奖"走通股权奖励路/74
《更路簿》:再不保护就来不及了/75

全球最大小商品城何以三十年兴盛不衰/76
2万户"弃选"最贵自住房引争议/77
湘南有趣"农民免费进城专列"/78
10年徒步巡线6万里 守护雪域高原幸福路/79
历史深处的证言：寻访联合国珍藏的"九一八"真相/80
两份账单记录的坚守与感动/81
60年，和国家主席的两次握手/82
高校科研经费管理乱象调查/83
老郭的"引力波"不是科学的引力波/84
记者手记：羊小平砸缸/85
新能源汽车补贴摸底系列调查/86
"老新闻·新故事"《西藏日报》创刊60周年全媒体记者基层行/87
从"掌子面"到"流水线"/88
雄关漫道·纪念长征胜利80周年/89
"潮河情·滦水行"京津冀三地媒体大型联合采访系列报道/90
权威太原地图竟然错误百出/91
"五大任务"之内蒙古年终盘点篇/92
"亲子连线·这一年"系列报道/93
12月22日《深圳特区报》国际新闻A14版/94
9月16日《经济日报》要闻1版/95
3月6日《新华每日电讯》两会特刊6－7版/96
明星婚礼，别办成消费"封神榜"/97
《百鸟朝凤》：校准中国电影发展方向/98

▌▌广播类

▌一等奖

惊心动魄160分钟——首次揭秘"长五"推迟发射/101
速度与激情："中国标准"动车组成功通过时速420公里高速交会试验/102
以供给侧改革破解老工业基地"双重转型"之困/103
内蒙古首例保护草原行政公益诉讼案 —— 开启我区草原保护新篇章/104
"神舟""天宫"完美对接背后的"吉林科技元素"/105
"新愚公"李保国/106
泰宁泥石流紧急救援/107
10月17日《东广早新闻》/108

▌二等奖

工业废料改良盐碱地技术施用获成功 新疆亿亩盐碱地有望变良田/111
钢铁侠创造新奇迹/112
"中蒙俄国际道路货运试运行活动"在天津港启动/113
"罗尔捐款门"，到底谁更受伤/114

脱贫攻坚摆不得半点"花架子"/115
简单点、复杂点,一切当以群众利益为出发点/116
医改"手术刀"该动向哪里?/117
三进五台沟/118
"百鸟朝凤",哀曲还是新生?/119
我的东北我的家/120
"行政之手"拦下营业执照/121
专访"陈满案"平反推动者程世蓉——一棵稻草的力量/122
醍醐:让西藏艺术和藏式美学走出高海拔藏区/123
好花为何这样红/124
12月20日《全国新闻联播》/125

三等奖

重温初心再出发/129
北京现代沧州工厂首车下线/130
芙蓉社区废弃自行车变"帮帮快车"/131
中国最高法院宣判"乔丹"商标争议案 损害姓名权的3件"乔丹"商标
　　应予撤销/132
包容开放 ——共享单车的成都表达/133
"拾金索酬"的情与理/134
给水留条"回家"的路/135
最美校园评选的背后——莫让功利心玷污了孩子/136
李娜俫:用歌声唱出拉祜村寨幸福生活/137
为了各族群众的健康/138
一桥飞架,两岸梦圆/139
南苏丹平民保护所里的少年足球队/140
世界首颗量子卫星发射成功 量子通信济南领先/141
迎英雄回家/142
吴家庄脱贫记/143
蜕变的塘约/144
草原奖补保了生态富了牧民/145
不容篡改的命运/146
母语之寻/147
那川那帆——郭川和徐莉佳的心灵"对话"/148
突发直播:山东平邑石膏矿垮塌事故被困36天矿工成功获救/149
乌鲁木齐站7月1日试运营现场直播/150
523中环线重大突发事故特别报道/151
12月31日《回眸2016,收获温暖和幸福;展望2017,放飞梦想与希望
　　——〈北京新闻〉岁末特别报道》/152

电视类

特等奖
习近平在青海考察时强调 尊重自然 顺应自然 保护自然 坚决筑牢国家生态安全屏障/155

一等奖
中国笔王"贝发"小笔尖大制造 杭州G20元首笔撬动高端市场/159
民企也是国家队/160
永远在路上/161
"僵尸企业"重生记/162
新华社特约记者太空日记/163
为85岁爷爷拍照/164
二十国集团领导人杭州峰会系列直播/165
11月16日《浙江新闻联播》/166

二等奖
"FAST之父"南仁东：22年坚持 铸就大国重器/169
湖北实施退湖还湖"第一爆" 梁子湖的牛山湖成功实施破垸分洪/170
方家大院的中国年/171
收粮商贩王力军的尴尬/172
谁制造了"毒跑道"/173
亲爱的/174
船长/175
人间世——救命/176
海上丝路看深商/177
"悬崖村"扶贫纪事/178
儿科医生"短缺症"，何药可医？/179
不忘初心 砥砺前行——访徒步重走长征路第一人罗开富/180
7月15日《国际时讯》/181

三等奖
重庆交大：破解沙子土壤化密码 沙漠有望变绿洲/185
36天生死营救 平邑矿难4名被困矿工成功升井/186
有机种植：为了明天回到昨天/187
记者调查·甜蜜的负担/188
沉重的苹果箱/189
"限塑令"为何名存实亡/190
转移/191
和平必胜——12·13南京大屠杀死难者国家公祭启示/192
23年，陈满和他背后的那些人/193

铁血蓝盔捍国威/194
191天的牵挂/195
我和总书记面对面/196
萨尔布拉克草原上的兵团人家/197
初心璀璨/198
脱贫攻坚在阜平/199
津彩"一带一路"(柬埔寨)/200
失控的170号段/201
中关村二小事件:伤不起的互撕/202
《曹德旺之问 考问中国制造》之《七十岁 我还很年轻》/203
12月19日《西藏新闻联播》/204
1月23日《新闻坊》/205

网络类

一等奖

每一名党员都要牢固树立"核心意识"/209
中国一点都不能少/210
您好,马克思/211
一份延续了68年的忠诚/212
网上重走长征路之"征程"——红军长征全景交互地图/213

二等奖

中国女排,最是精神动人心/217
展现大国风范 不妨多一份理解和宽容/218
无人区·52载守边人/219
从家出发:习近平总书记的"家国情怀"/220
中国方案 G动全球/221
"中国扶贫第一村"赤溪村的幸福嬗变/222
快听!习近平通过人民日报客户端向你发来元宵节问候/223

三等奖

山西屯留:欠公众一个说法/227
一条天路,一个梦想——藏族"愚公"斯那定珠传奇/228
办好G20 当好东道主——全媒体直通G20杭州峰会/229
不忘初心 砥柱中流——2016湖北抗洪救灾实录/230
先烈不容亵渎 正义从不缺席——加多宝侮辱邱少云案全追踪/231
回家/232
Outsiders'Perspective:How Others See South China Sea(外国人如何看待南海问题)/233
"不忘初心——纪念建党95周年"系列网络对话/234

溜索法官/235
天津历史风貌街区保护项目首获詹天佑奖/236
日出东方——庆祝中国共产党成立95周年/237

综合类

特等奖
新华全媒头条/241

一等奖
投桃报李/245
人民眼/246
长安观察/247
之江观察/248
逐梦他乡重庆人/249
新闻和报纸摘要/250
Studio＋脉动中国/251
海峡两岸/252
新闻大求真/253
学习进行时/254
问政湖南/255
把握好政治家办报的时代要求/256
始终坚守军报姓党的政治灵魂/257
普京期待打造更紧密俄中伙伴关系/258
我们的《更路簿》——三沙属于中国的历史证据/259
锦绣记/260
东京审判/261
外国漫画家于绘北京/262
从广东制造到广东智造/263

二等奖
无罪之后/267
中国女排时隔12年再夺奥运冠军/268
触目惊心！2万多吨垃圾跨省非法倾倒苏州太湖边/269
G20，华美天城待客来/270
我们村里的年轻人/271
各忙各的/272
把牢主阵地 传播正能量——江苏卫视节目创新创优实践与思考/273
适应传播新趋势 构建引导新格局/274
移动互联时代的对外话语创新/275
习近平"四个坚持"的背景、逻辑及战略意义/276

党报经济新闻怎样找到"平衡感"/277
我国媒体重大涉华议题报道国际影响力探析及建议/278
以创新型校对机制防范采编数字化的技术性差错/279
Таинственные гости в Первомайском（五一村的神秘来客）/280
Chinese Netizens Help Boy in US with Cancer Realize His Dream（中国网友助美国癌症男孩圆梦）/281
工作15个小时出席19场活动 习近平总书记的一天/282
《幸存者——见证南京1937》之《沉默的伤痕》/283
究竟谁在破坏国际法/284
执着"洋猴王"京剧传播狂/285
战地采访中国赴马里南苏丹维和部队系列报道/286
中美大学生联合体验长征之旅/287
从你的时光里走过——记百年老街中山大道12月28日重新开街/288
布哈里：尼中都有加强双边合作的强烈意愿/289
寻梦蒙达尔纪/290
同舟共济一甲子——我的中国、非洲故事/291

■三等奖

悬崖上的村庄/295
蚊子工厂，让蚊子绝后/296
送别陈忠实/297
雨·祭/298
涉嫌电信网络诈骗74名嫌疑人被押解回国/299
天一阁修书人/300
今非昔比/301
团聚过了/302
上发条/303
论提升副刊品位的八条路径/304
微传播语境下的电视新闻创新/305
电视问政：构建城市公共治理平台/306
摆脱先验性 增强穿透性/307
民族地区党媒社论隐喻背后的时代变迁/308
从聂树斌案报道看舆论监督和正面宣传的统一性/309
"讲好中国故事"需要四个转向/310
以供给侧改革思维补好城市台短板/311
希望之索 峡谷中的致富索道/312
跨越时空的对话——纪念莎士比亚与汤显祖逝世400周年特别节目/313
时隔71年的拥抱/314
"神舟十一号"载人飞船发射直播特别节目/315
缓工四天，待鸟起飞/316
Old Cup Reborn for Autistic Teen（停产水杯为自闭症少年重生）/317
澜湄合作助推互联互通纵深发展/318

最燃倒计时！G20，精彩浙江与世界美妙对话/319
因为爱，他把眷恋留在中国/320
"金孔雀"，请你归航！/321
中东四国之行：天地是走出来的/322
我的"读册歌"日记/323
《中国梦365个故事》之《生命线》/324
《中国正在说》之《崛起中大国的国际战略》/325
萌"翻"了/326
跨越大洋的绽放/327
在他乡的知音/328
私人定制哈密瓜/329
走三沙系列报道/330
滥诉、妄裁和霸权难撼中国维护领土主权的决心/331
现场直击：中国游客与华人华侨海牙和平宫前抗议南海仲裁闹剧/332
老黄与小鹨的故事/333

中国新闻奖

文字类·特别奖

弄潮儿向涛头立

作品信息

作品类型：特别奖·文字通讯
刊播单位：新华通讯社
报送单位：新华通讯社
主创人员：集体
编　　辑：何平、张宿堂
作品字数：5 525 字
首发日期：2016 年 9 月 6 日

作品简介

稿件全景式记录习近平主席在 G20 杭州峰会 80 多小时日程，生动展示了习主席的大国领袖风范。稿件立意高远、意象独特，以"弄潮儿"喻示走到世界舞台中央的中国和中国领导人，展现了习主席为峰会作出的贡献，反映了国际社会对峰会的肯定和对习主席的好评。

获奖理由

这是新华社精心策划、独家采写的"习主席 G20 杭州时间"深度报道中的一篇。稿件立意高远、大气磅礴、行文流畅、耐人寻味，成为占据中央和地方媒体头条的"镇版之作"，在新媒体舆论场形成"刷屏之效"。

新媒体展示

使用手机扫描下方二维码，即可观看本条获奖作品的新媒体展示。

以信仰之光照亮奋斗之路

作品信息

作品类型：特别奖·文字评论
刊播单位：《人民日报》
报送单位：《人民日报》
主创人员：集体
编　　辑：杨振武、李宝善
作品字数：6 736字
首发日期：2016年6月29日

作品简介

本文充满了丰沛的正气，以密集的短句、工整的对句激荡情感的力量，文风激情澎湃，论述热烈酣畅。在回顾历史的基础上，还加入了许多有着现实针对性的内容，可谓理性与感性结合的范例。

新媒体展示

使用手机扫描下方二维码，即可观看本条获奖作品的新媒体展示。

获奖理由

这篇文章围绕总书记提出的马克思主义至今依然占据"真理"和"道义"两个制高点来写，既有历史纵深感，也有很强的现实针对性；既写出了理论的深度，也谈了成绩、谈了问题，带出实践的思考。

中国新闻奖

文字类·一等奖

1445种全新病毒科被发现

作品信息

作品类型：一等奖·文字消息
刊播单位：《光明日报》
报送单位：《光明日报》
主创人员：金振娅
编　　辑：邢宇皓、雷柯
作品字数：845字
首发日期：2016年11月24日

作品简介

记者在中国疾病预防控制中心采访时获悉，该中心团队在病毒起源和进化的研究中取得重大突破——发现了1445种全新的病毒科，并从遗传进化的角度揭示了RNA病毒发生和进化的基本规律。这项突破不仅改变了科学界对病毒学的传统认知，也为认识生命的起源进化提供了新的基础。

获奖理由

在国内多家媒体共同采访的情况下，记者和编辑以最快的速度采写报道，并于次日在报纸教科版编辑刊发，在国际上引起了较大反响，并得到了中国疾病预防控制中心的高度认可。

新媒体展示

使用手机扫描下方二维码，即可观看本条获奖作品的新媒体展示。

折翼海天，
用生命为航母事业铺路

✉ 作品信息

作品类型：一等奖·文字消息
刊播单位：《解放军报》
报送单位：中央军委政治工作部宣传局
主创人员：徐双喜、陈国全
编　　辑：柳刚、王通化
作品字数：907字
首发日期：2016年8月1日

📇 作品简介

海军歼－15舰载机飞行员张超烈士是中宣部确定的全国重大典型。记者在与他的领导、战友和家人的零距离沟通中，得以走近英雄、认识英雄，并还原英雄。这是心灵震撼之旅，更是思想洗礼之旅。本文用平凡人的视角，刻画英雄的伟大。

🔊 新媒体展示

使用手机扫描下方二维码，即可观看本条获奖作品的新媒体展示。

💬 获奖理由

消息以一种近乎白描的手法，既聚焦时代近景，写出了英雄的音容笑貌；又放大时代景深，写出了英雄用生命为航母事业铺路的悲憾。文尾更是抓住英雄骨灰回家的诸多现场细节，让那个"国为重、己为轻"的英雄形象久久留驻心间。

供给侧改革需加减法并举

✉ 作品信息

作品类型：一等奖·文字评论
刊播单位：《甘肃日报》
报送单位：甘肃省新闻工作者协会
主创人员：梁发芾
编　　辑：张国华、崔雪茜
作品字数：1 868字
首发日期：2016年1月27日

💻 作品简介

作者以其职业敏感，认识到供给侧结构性改革将是未来中国经济改革的重心，于是深入学习、研究我国经济在供给侧存在的各种问题和短板，形成供给侧结构性改革必须加减法并举的观点，并撰写评论。

💬 获奖理由

作者敏锐把握供给侧结构性改革这一重大题材，提出富有针对性、创建性的观点，有较大现实意义；文章发表时供给侧改革刚刚提出，具有很强的时效性；文章从加法减法两方面展开论述，有理有据，有很强的说服力。

📶 新媒体展示

使用手机扫描下方二维码，即可观看本条获奖作品的新媒体展示。

走向经济治理现代化的中国探索

作品信息

作品类型:一等奖·文字评论
刊播单位:《经济日报》
报送单位:《经济日报》
主创人员:齐东向
编　　辑:张小影
作品字数:4 958字
首发日期:2016年2月15日

作品简介

文章围绕新常态下中国如何走向经济治理现代化这个论题,以"怎么看""怎么干"为视角,从三个方面系统地阐述了总书记的经济思想。结构严谨,逻辑清晰,论据充分,说理透彻,有助于人们加深对总书记经济思想的全面领会和把握。

新媒体展示

使用手机扫描下方二维码,即可观看本条获奖作品的新媒体展示。

获奖理由

文章立意高远,具有很强的理论和思辨色彩,同时又深入浅出,思路清晰,文风朴实,体现了中央党报在统一思想方面的重要引领作用。

老郭脱贫记

作品信息

作品类型：一等奖·文字通讯
刊播单位：《人民日报》
报送单位：《人民日报》
主创人员：马跃峰
编　　辑：施娟、谢雨
作品字数：1 054 字
首发日期：2016 年 12 月 25 日

作品简介

记者走进贫困户郭祖彬的家里、地里、猪棚里，同他一起算"政策账""产业账"，发现老郭"与众不同"。记者不回避矛盾和冲突，写出老郭的曲折故事，凸显其脱贫之路的真实可信。

获奖理由

稿件以老郭脱贫故事贯穿，不仅写出了政策扶持、支部引导、合作社引领和因地制宜的产业支撑，更写出了主人公踏实肯干、自强不息的精气神。主题鲜明、文笔洗练、内容生动鲜活，有很强的说服力、感染力，是精准扶贫、脱贫题材中的佳作。

新媒体展示

使用手机扫描下方二维码，即可观看本条获奖作品的新媒体展示。

别了,白家庄矿

作品信息

作品类型:一等奖·文字通讯
刊播单位:《山西日报》
报送单位:山西省新闻工作者协会
主创人员:张临山、冷雪
编　　辑:丁伟跃
作品字数:2 198字
首发日期:2016年12月28日

作品简介

2016年,山西在全国率先启动供给侧结构性改革,全年关闭25座煤矿,居全国第一。在与煤矿工人采访接触的过程中,记者有感于几代人的付出和贡献,敏锐地捕捉到一座80年老矿中两对矿工父子这样的"典型煤矿的典型代表",通过小切口反映大事件、小人物诠释大情感,寓意深远,反映现实,打动读者。

新媒体展示

使用手机扫描下方二维码,即可观看本条获奖作品的新媒体展示。

获奖理由

该文以供给侧结构性改革为大背景,从全国煤炭"去产能"大潮中第一批关闭的白家庄矿的两对父子矿工切入,历史与现实交织呼应,以小见大,以人见事,以情动人,有亮度、有温度、有深度,是一篇难得的讲述中国故事的优秀作品。

铁纪·铁流

作品信息

作品类型：一等奖·文字系列
刊播单位：《辽宁日报》
报送单位：辽宁省新闻工作者协会
主创人员：集体
作品字数：3 152 字，2 079 字，1 542 字
首发日期：2016 年 6 月 27 日—7 月 29 日

作品简介

该策划创新视角，在全国媒体中率先以"纪律"为主题，对中国共产党 28 年艰苦卓绝的斗争历程中纪律建设的重大举措与重要事件进行了全景式呈现。策划共 80 个专版，60 余万字，分为五个主题：铸信仰、建制度、炼忠诚、讲原则与立规矩。

获奖理由

该策划以新闻媒体人的全新视野，对 1921 年中国共产党诞生至 1949 年中华人民共和国成立这 28 年间党规党纪的形成史进行了系统梳理和全景展示。报道内容既有厚重的历史感，也不乏鲜活的时代气息，具有很强的现实针对性。

新媒体展示

使用手机扫描下方二维码，即可观看本条获奖作品的新媒体展示。

安徽宿州宋庙小学"要求受助贫困生出钱请吃饭事件"调查

作品信息

作品类型：一等奖·文字系列
刊播单位：《中国纪检监察报》
报送单位：专业报初评委员会
主创人员：黄辉、戴南、周根山
作品字数：1 228字，1 820字，2 003字
首发日期：2016年1月29日—1月31日

作品简介

记者深入一线调查采访，在村、小学、镇、区教体局、市纪委与数十位采访对象深入交流，获取了大量此前不为人知的第一手素材，抽丝剥茧，为读者呈现出该事件背后多方角力、欲盖弥彰的隐情，从一则已知新闻里，挖出了独家深度报道。

新媒体展示

使用手机扫描下方二维码，即可观看本条获奖作品的新媒体展示。

获奖理由

该系列报道逻辑严谨、文字精当。三篇报道既是连续报道，又可独立成篇。在报纸头版重要位置刊发，编辑意图明确；同时配发评论，批评锋芒尖锐，主题得以升华，引发舆论持续关注，达到了最佳传播及社会效果。

8月7日《宁夏日报》2—3版

✉ 作品信息

作品类型：一等奖·报纸版面
刊播单位：《宁夏日报》
报送单位：中国新闻漫画研究会
主创人员：张靖、何亚男、刘建华
刊发版面：赴约 2—3
首发日期：2016 年 8 月 7 日

💻 作品简介

编辑将新华社数十篇稿件拆分、整合、重组，通过解读、聚焦、花絮、数读、评论、看点等栏目，详解了奥运会开幕式的诸多细节，让读者读懂了画面背后的文化和新闻，可读性强。该版面版式新颖、大气，图片精美，与文字相得益彰，抓人眼球。

💬 获奖理由

版面聚焦奥运会开幕式，通过数十篇新闻稿件的整合重组，开设解读、聚焦、花絮、数读、评论、看点等栏目，配以多幅冲击力较强的图片，对开幕式进行全景式呈现。版面图文并茂，冲击力强。

📶 新媒体展示

使用手机扫描下方二维码，即可观看本条获奖作品的新媒体展示。

巡视组长
——追记李泉新

作品信息

作品类型：一等奖·报纸副刊
刊播单位：《江西日报》
报送单位：中国报纸副刊研究会
主创人员：江仲俞、宋海峰、游静
编　　辑：任辛、李滇敏
刊发版面：井冈山副刊 B2
首发日期：2016 年 12 月 16 日

作品简介

李泉新生前是江西省委第三巡视组组长，在 2016 年省委首轮巡视期间突发疾病，不幸逝世，享年 58 岁。李泉新同志逝世后，记者深入到李泉新工作过的单位、他的老家，用了 1 个多月的时间，采访到了许多第一手鲜活的感人事迹。本文展示的 11 个部分，基本上都是首次披露。

新媒体展示

使用手机扫描下方二维码，即可观看本条获奖作品的新媒体展示。

获奖理由

作品不仅内容好，写作上也有创新。在人物刻画上用了诸多文学手法，从主人公的"动"与"静"上，选取了许多感人的细节，使这个先进人物有血有肉，富于人性，结尾也收得恰到好处，将李泉新的"绝唱"刻进了读者的心里，是一篇不可多得的好作品。

中国新闻奖

文字类·二等奖

武城农民率先持证带"权"进城

作品信息

作品类型：二等奖·文字消息
刊播单位：《大众日报》
报送单位：山东省新闻工作者协会
主创人员：杨学莹、张宇鸿、王涛
编　　辑：刘江波、廉卫东
作品字数：841字
刊播版面：要闻1
首发日期：2016年12月17日

作品简介

2016年9月，山东出台《关于加快推进农业转移人口市民化的实施意见》，武城做法正是山东创设"两证保三权"制度的实践样本和思想来源。记者敏锐地意识到，武城的创新之举在全国具有重大新闻性和示范意义，遂赴武城多方采访成文。

获奖理由

这是一篇首创性新闻事件的报道，记录了山东乃至全国新型城镇化进程中一个破冰的历史瞬间。题材重大，有创新性、典型意义和示范推广价值。稿件采访扎实，写法新颖，生动感人，引人共鸣。记者反复核实确认农民权益是否得到切实保护，体现了党报记者坚定的民本视角。

新媒体展示

使用手机扫描下方二维码，即可观看本条获奖作品的新媒体展示。

4亿元科研"替代经费"无奈沉睡

作品信息

作品类型:二等奖·文字消息
刊播单位:《湖北日报》
报送单位:湖北省新闻工作者协会
主创人员:刘天纵、张茜、彭一苇
编　　辑:周芳、李剑军
作品字数:724字
刊播版面:经济纵横
首发日期:2016年6月2日

作品简介

该作品以科研"替代经费"无人问津为切口,关注高校科研人员科研经费使用难问题,关注科研人员积极性、创造性被束缚、被挫伤的问题,深入探讨如何破解体制机制束缚,下放权限,尊重科研特点,激发科研人员创新的积极性,激发科技创新的活力。作品具有很强的现实意义。

新媒体展示

使用手机扫描下方二维码,即可观看本条获奖作品的新媒体展示。

获奖理由

报道在高校、科研机构中引起强烈反响。华中科技大学赵振宇教授用读者来信的形式对此事予以呼吁,来信题目为《科研经费管理需要解放思想》。稿件以小切口,直击这些大问题,不回避矛盾,提出了建设性意见,既促成相关单位进一步解放思想、出台新政,更给社会、给改革者带来深层思考。

"亲清八条"
构建新型政商关系

✉ 作品信息

作品类型：二等奖·文字消息
刊播单位：《佛山日报》
报送单位：广东省新闻工作者协会
主创人员：黄碧云
编　　辑：何仁军、卢辉灿
作品字数：916 字
刊播版面：要闻版 A01 版
首发日期：2016 年 4 月 26 日

💬 作品简介

该报道是一篇体现地方政府贯彻落实习近平总书记系列重要讲话精神的新闻报道。在实际操作中，该作品语言凝练简洁，结构严谨，层层深入，具有很强的逻辑性和整体性。生动地解读这一新政策，彰显了政府希望打开政商交往"心锁"，倡导"为官有为"的态度和决心。

💬 获奖理由

在中央号召构建新型政商关系的关键时刻，在以民营经济为中流砥柱的制造大市佛山，记者敏锐抓住新闻线索进行深入采访，反映了来自政商双方对"亲""清"两字的渴盼，体现了地方政府贯彻落实中央精神的力度。作品从新闻现场到新闻背后，采访全面，层层递进，结构严谨，语言较为生动活泼，内涵丰富，具有较强的示范和引领意义。

📶 新媒体展示

使用手机扫描下方二维码，即可观看本条获奖作品的新媒体展示。

一项研发将淘汰充电器

作品信息

作品类型:二等奖·文字消息
刊播单位:《长春日报》
报送单位:吉林省新闻工作者协会
主创人员:陈璟(陈景)
编　　辑:王鑫
作品字数:639字
刊播版面:要闻1
首发日期:2016年9月27日

作品简介

本稿件是在创新驱动发展的新一轮改革浪潮中,从基层挖掘出来的鲜活的科技类新闻报道。记者在"双创走基层"活动中,偶然听一名创客说起有家长春企业正在开发无线充电技术平台项目时,敏锐地意识到其重大的新闻价值,辗转联系到企业负责人进行深入采访,最终用通俗易懂的语言对晦涩深奥的科技新理论及其技术应用进行准确阐释后成稿。

新媒体展示

使用手机扫描下方二维码,即可观看本条获奖作品的新媒体展示。

获奖理由

这篇短小精炼的科技新闻,蕴含着厚重的新闻价值,折射出记者敏锐的新闻视角和快速的新闻捕捉能力。一项扎根基层的科研成果,却预示着一场革命性的科技产品更替。在简洁平实的消息叙述间,新闻的本意得以凸显,科技的力量得到升华和传播。

让干部放手放胆干事创业

作品信息

作品类型：二等奖·文字消息
刊播单位：《天津日报》
报送单位：天津市新闻工作者协会
主创人员：孟兴
编　　辑：李全馨
作品字数：991 字
刊播版面：要闻 2
首发日期：2016 年 11 月 4 日

作品简介

在稿件写作中，作者提炼两个实施办法中的精髓和创新点，针对"滨海新区对容错免责和能上能下进行破题"展开了详细解读，并将实施办法中"一手保护实干者，一手打压懈怠者"的中心思想和实施办法会带来什么影响展现在公众面前。

获奖理由

该消息以言简意赅的新闻语言报道了天津滨海新区出台的两个《办法》，从文件中精准提炼出滨海新区开展从严执纪和"容错免责"的结合点，将滨海新区在从严治党的大背景下勇于先行先试，试行能者上、庸者下、劣者汰新机制的好做法向全社会进行宣传，促成了两个《办法》在天津全市以及全国的推广。

新媒体展示

使用手机扫描下方二维码，即可观看本条获奖作品的新媒体展示。

环境执法"牙齿"越来越硬

作品信息

作品类型:二等奖·文字消息
刊播单位:《经济日报》
报送单位:《经济日报》
主创人员:曹红艳
编　　辑:陈建辉、胡文鹏
作品字数:923字
刊播版面:关注5
首发日期:2016年8月25日

作品简介

这篇报道通过对2016年上半年环境执法情况的梳理,以扎实的事实和数据报道了环保部门实施按日计罚等五类案件情况、排查清理整顿违法违规建设项目情况、地方党委政府落实环境保护"党政同责""一岗双责"进展、典型环境案件处罚以及对重点环境问题挂牌督办的创新做法等,回应了社会公众的关切,增强了人们改善环境的信心。

新媒体展示

使用手机扫描下方二维码,即可观看本条获奖作品的新媒体展示。

获奖理由

这篇报道抓住了社会关注、百姓关心的"热点"问题,善用事实凸显主题。报道文字凝练,层次分明,结构紧凑,行文流畅,篇幅不长但信息丰富,让读者清晰地了解了新环保法实施的最新进展,增强了改善环境的信心。特别是报道的标题生动形象,具有较强的表现力,抓住了读者,收到了很好的社会效果。

深夜挨户敲门寻找 救下昏迷夫妇

作品信息

作品类型：二等奖·文字消息
刊播单位：《长沙晚报》
报送单位：湖南省新闻工作者协会
主创人员：彭放、杨芳
编　　辑：岳冠文、邓伟进
作品字数：880字
刊播版面：A1
首发日期：2016年11月17日

作品简介

2016年11月16日，记者在长沙市第四医院采访一对煤气中毒夫妻时意外得知，他们的获救多亏了该院急救站医生李良义不言放弃的寻找。记者以高度的新闻敏感进行深入挖掘，部门负责人深度介入，积极策划调度，对本文逐字逐句精心修改，夜班编辑精心编排，值班领导高度重视，在省党代会期间版面紧张的情况下，在头版突出位置配图刊发。

获奖理由

这是一篇"两学一做"学习教育的"活教材"，作者以高度的新闻敏感深入挖掘，以900字的消息，再现了急救医生李良义恪尽职守、救死扶伤、永不言弃的职业精神，树立了"两学一做"学习教育的先进典型。在目前医患关系日趋紧张的背景下，传递了正能量，彰显了医生救死扶伤的高贵品格。

新媒体展示

使用手机扫描下方二维码，即可观看本条获奖作品的新媒体展示。

魏则西事件下的
污名化狂欢要不得

✉ 作品信息

作品类型：二等奖·文字评论
刊播单位：《福建日报》
报送单位：福建省新闻工作者协会
主创人员：张杰
编　　辑：蔡小伟、谢宗贵
作品字数：1 244 字
刊播版面：要闻 1
首发日期：2016 年 5 月 8 日

作品简介

该报道没有过多纠结于莆田系医院是否有错这一问题，而是着重论述了这种非理性的舆论狂欢对整个社会造成的撕裂、危害，立意巧妙、语言活泼老练，在集体非理性的舆论狂欢中发出了党报理性的声音，体现了作者的冷静思考和党报面对社会舆论热点时的主动作为与担当。

新媒体展示

使用手机扫描下方二维码，即可观看本条获奖作品的新媒体展示。

获奖理由

在魏则西事件非理性网络舆论一边倒的情况下，该文章在全国主流媒体当中首个发声，彰显了党报面对舆论热点的不缺位、不失声以及作者的冷静思考和责任担当。

肆无忌惮的权钱"旋转门"

作品信息

作品类型:二等奖·文字评论
刊播单位:新华通讯社
报送单位:新华通讯社
主创人员:吴黎明
编 辑:姜岩、马震
作品字数:1 974 字
刊播版面:通稿
首发日期:2016 年 10 月 31 日

作品简介

这是新华社根据中央领导指示精神主动设置议题的评论,也是贯彻配合十八届六中全会报道,以 2016 年美国大选"金钱政治""民粹主义"等乱象为抓手,深入揭露西方政治弊端的"八问西方制度"的开篇力作。

获奖理由

这篇评论通过鲜活事例和融通中外的表达方式,深刻揭露美国"金钱政治"和西式民主制度的弊端,从立意到视野体现了创作者不凡的眼力、脑力、笔力。文章深入浅出,可读性强,是有关美国大选评论中的一篇精品。

新媒体展示

使用手机扫描下方二维码,即可观看本条获奖作品的新媒体展示。

为敢担当的干部担当

作品信息

作品类型:二等奖·文字评论
刊播单位:《宝鸡日报》
报送单位:陕西省新闻工作者协会
主创人员:刘建斌
作品字数:1 277
刊播版面:要闻 2
首发日期:2016 年 3 月 14 日

作品简介

作者在深入观察分析的基础上,针对当前社会上存在的一些现象,及时提出了为敢于担当者做后盾,本身就是对敢于担当者的一种担当的观点,有力地发出了警示,彰显了党报的引领作用。

新媒体展示

使用手机扫描下方二维码,即可观看本条获奖作品的新媒体展示。

获奖理由

此稿合时宜、富新意、导向好,紧扣当前一些干部中存在的求平安、怕惹麻烦、不敢主动作为等消极现象,用敏锐的洞察力提出了面对从严治党、从严治吏的全新政治生态,每个党员干部都要勇于为敢担当的干部担当,打消"洗碗多可能失手打破碗而遭受指责"的顾虑,放下包袱,挺直腰杆,轻装上阵,具有"靶向"治疗功效。

"农改居":农民的权益只能增不能减

作品信息

作品类型:二等奖·文字评论
刊播单位:《农民日报》
报送单位:专业报初评委员会
主创人员:何兰生
编　　辑:唐园结
作品字数:1 900字
刊播版面:要闻1
首发日期:2016年9月23日

作品简介

文章提出了"农改居"的核心问题是保护好农民的权益不受损害,并对这一问题在"城乡一体化"和"权利均等化"两大背景下进行了分析和阐述,发出了"农改居"过程中"农民的权益只能增不能减"的农民心声、时代呼声。作者前瞻性地指出"农改居"过程中可能出现的"赶农民上楼""土地换社保""放弃宅基地"等问题,并给予了善意的政策提醒。

获奖理由

作品最大的闪光点在于将历史眼光与问题意识贯穿始终,见解深刻。在层层剖析的评论当中穿插着理性思考与人文关怀,既从理论高度阐明了"农改居"中维护农民权利的"怎么看、怎么想、怎么办"的问题,也充满了对农村、农民的深厚情感,表达了坚决维护"农改居"中农民合法权益的鲜明观点,既晓之以理,又动之以情,充满感染力。

新媒体展示

使用手机扫描下方二维码,即可观看本条获奖作品的新媒体展示。

大学女教师
患癌被开除事件调查

作品信息

作品类型:二等奖·调查性报道
刊播单位:《中国青年报》
报送单位:专业报初评委员会
主创人员:章正、马富春
编　　辑:滕兴才
作品字数:3 891字
刊播版面:特别报道4
首发日期:2016年8月19日

作品简介

记者在采访完之后,第一时间把相关报道发回后方,《中国青年报》官方网站即时刊出图文报道,第二天特别报道版重磅推出,同时微信和微博也一并跟进报道,很快引发舆论关注。之后,记者又采写《年轻人患病"丢饭碗"该如何维权》,就年轻人如何处理类似情况,采访了相关领域专家,进一步挖掘了此事件的社会效应。

新媒体展示　　获奖理由

使用手机扫描下方二维码,即可观看本条获奖作品的新媒体展示。

关注青年现状,反映青年问题,是《中国青年报》的特色与担当。稿件首先在《中国青年报》官网中青在线即时发出,第二天《中国青年报》特别报道版大篇幅刊发其报道,引发各大媒体竞相跟进报道,形成了舆论关注的高潮,触发了年轻人的共鸣,引发了全社会的反思。

"网红"手术笔记,
折射坚守 40 年的工匠精神

作品信息

作品类型:二等奖·文字通讯
刊播单位:《江西日报》
报送单位:江西省新闻工作者协会
主创人员:兰天、王少君、吴志刚
编 辑:任辛
作品字数:2 863
刊播版面:要闻 1-2
首发日期:2016 年 11 月 19 日

作品简介

这篇通讯以 2016 年 11 月网上爆出的"高颜值手术笔记"为切入点,通过连续追踪采访、深入调查,最终挖掘出一个优秀的医护团队,并将支撑了他们 40 年的工匠精神带到读者面前。报道既有接地气的温度,又有透过现象看本质的深度,还有呼唤时代精神的思考力度。

获奖理由

作者从年轻的"网红",一路追踪到 40 年前的缘起、40 年来的坚持,把医疗界乃至整个中国都需要的"工匠精神"写得鲜活、写得传神,正能量满满,社会效果尤佳。

新媒体展示

使用手机扫描下方二维码,即可观看本条获奖作品的新媒体展示。

有逃必追 一追到底

作品信息

作品类型：二等奖·文字通讯
刊播单位：《中国纪检监察报》
报送单位：专业报初评委员会
主创人员：何韬
编　　辑：王珍
作品字数：2 984 字
刊播版面：要闻 2
首发日期：2016 年 11 月 17 日

作品简介

记者掌握了权威独家的新闻资源，在最短时间内向外界翔实报道了追逃杨秀珠的全过程。文章反映了我们党和国家惩治腐败的坚定决心，也反映了国际社会对腐败行为"零容忍"的鲜明态度，向外界释放出"搞了腐败，无论跑多远都要追回来绳之以法"的强烈信号。

新媒体展示

使用手机扫描下方二维码，即可观看本条获奖作品的新媒体展示。

获奖理由

该报道通过协调有关部门和单位，独家采访到中央纪委国际合作局、浙江省纪委、浙江省人民检察院有关负责人以及杨秀珠本人，获得大量一手资料，展现了我们党和国家在追逃追赃工作上所取得的重大成效，体现了党中央对外逃腐败分子一追到底的鲜明立场和坚定决心。

李保国的最后48小时

📧 作品信息

作品类型：二等奖·文字通讯
刊播单位：《河北日报》
报送单位：河北省新闻工作者协会
主创人员：王思达、周聪聪、朱艳冰
编　　辑：谷峰、董立龙
作品字数：2 949 字
刊播版面：新闻纵深5
首发日期：2016年4月12日

💻 作品简介

这篇报道独辟蹊径，选择小角度切口，通过真实自然地还原李保国人生最后时刻的日常生活，展现他始终如一的人生信念、做人原则与性格特质，48小时中的点滴都印证了习近平总书记在批示中对他的肯定："李保国同志堪称新时期共产党人的楷模，知识分子的优秀代表，太行山上的新愚公。"

💬 获奖理由

该报道是李保国去世后，全国媒体中首发的文字通讯作品，时效性强，采访细致，紧张的日程和工作细节体现了李保国教授对待工作的严肃认真与一丝不苟，从点点滴滴的"小事"反映了不平凡的精神，塑造了一个一心为科技扶贫而忘我工作的知识分子的光辉形象。

📶 新媒体展示

使用手机扫描下方二维码，即可观看本条获奖作品的新媒体展示。

拿什么拯救你，一"号"难求

作品信息

作品类型：二等奖·调查性报道
刊播单位：《经济参考报》
报送单位：专业报初评委员会
主创人员：集体
作品字数：3 091字
刊播版面：头条5
首发日期：2016年11月14日

作品简介

记者历时7个半月调研，稿件中既有普通患者、医务工作者的"平民视角"，也有医院管理者、政策制定者的中观、宏观视角。将"挂号难""看病难"折射出的分级诊疗背后的医疗资源不平衡、供需矛盾尖锐、制度设计不完善等问题逐一生动揭示，并提出中肯的建议。

新媒体展示

使用手机扫描下方二维码，即可观看本条获奖作品的新媒体展示。

获奖理由

此稿件精心策划，采编协同组织报道，以建设性的视角深入探讨医改中的热点问题，回应民生关注，收到了良好的社会传播效果。并在保证"硬新闻"的同时，策划、制作服务性较强的微视频、图表、漫画及网络专题等，实现对调研资源的多重开发和最大化利用。

三十年回望塔元庄

作品信息

作品类型：二等奖·调查性报道
刊播单位：《光明日报》
报送单位：《光明日报》
主创人员：杜飞进、耿建扩
编　　辑：陈旭、刘文嘉
作品字数：3 949字
刊播版面：一版
首发日期：2016年8月24日

作品简介

《光明日报》总编辑深入冀中农村塔元庄了解到，30多年来习近平总书记一直牵挂塔元庄的发展，多次到塔元庄考察，就该村经济、民生、生态、人文发展作出重要指示。这里的干部群众牢记总书记嘱托，沿着总书记提出的"半城郊型"的经济发展路子，开创了生产发展、生活富裕、生态文明的社会主义新农村建设局面。

获奖理由

通讯结构严谨，段落层次鲜明。全文文字精练，对仗工整，大段落的每一个小标题，均以诗歌的句式体现，读来朗朗上口。专家认为，这是一篇选材精巧、谋篇布局精到，有理有据有温情有深度的优秀新闻作品。

新媒体展示

使用手机扫描下方二维码，即可观看本条获奖作品的新媒体展示。

"三无"民企离国家大奖有多远

✉ 作品信息

作品类型:二等奖·分析性报道
刊播单位:《大众日报》
报送单位:山东省新闻工作者协会
主创人员:集体
编　　辑:廉卫东、张鸣雁
作品字数:3 518 字
刊播版面:要闻 1
首发日期:2016 年 8 月 23 日

🖥 作品简介

稿件通过讲述一家民营企业成功资助创新的故事,对国企创新存在的体制不活、投入不足、激励机制呆板等弊端,有针对性地悬镜照影、明鉴得失,以促进国企和民企共同提高自主创新能力。

📶 新媒体展示

使用手机扫描下方二维码,即可观看本条获奖作品的新媒体展示。

💬 获奖理由

作品构思新颖,手法巧妙,打破惯常的叙事结构,以影响国企创新的几个主要问题为把手组织结构,一明一暗两条线索交织,明线写民企,暗线写国企,针对性强,观点自明。作品讲故事生动凝练,讲道理言简意赅,文笔流畅,可读性强。

产粮大省何以出现"买粮难"

作品信息

作品类型:二等奖·调查性报道
刊播单位:新华通讯社
报送单位:武汉大学
主创人员:孙志平、李钧德、宋晓东
编　　辑:王运才、高远至
作品字数:2 136字
首发日期:2016年8月23日

作品简介

稿件从农业供给侧结构性改革角度,第一次明确提出小麦生产领域出现的"卖"难和"买"难"两难并存"等新情况,提出了一个关系我国粮食安全的重大问题。这是一个兼具异常性与重要性的选题,反映出农产品生产侧结构性改革的必要性与紧迫性,具有重大的社会价值。

获奖理由

本文条理清晰,逻辑清楚,从河南"卖粮难"这一社会问题出发,执果索因、层层递推,通过扎实采访和令人信服的数据揭示出当前粮食生产中存在的结构性矛盾,体现出新闻作品关注现实、关注民生的品质,具有广泛而深远的社会影响。

新媒体展示

使用手机扫描下方二维码,即可观看本条获奖作品的新媒体展示。

我国资本市场开放迈上新台阶

作品信息

作品类型：二等奖·文字通讯
刊播单位：《经济日报》
报送单位：浙江大学
主创人员：温济聪、杨阳腾
编　　辑：郭存举、李瞳
作品字数：2 009 字
刊播版面：关注5
首发日期：2016年12月6日

作品简介

深港通是2016年政府工作报告实践的重大年度工作，也是当年中国资本市场最重要的事件之一。此稿被深交所列为重点报道稿目，在财经领域获得较大认可，是一篇资本市场领域的重要作品。

新媒体展示

使用手机扫描下方二维码，即可观看本条获奖作品的新媒体展示。

获奖理由

该文的报道对象为深港通正式开通这一事件。文章主题明确，材料精当，逻辑清晰，行文流畅，刊登之后获得较好的社会影响，在网站、App、微博上被多次转载，在财经领域获得较大认可。

"法律诊所"为民除"顽疾"

作品信息

作品类型：二等奖·文字通讯
刊播单位：《云南法制报》
报送单位：云南省新闻工作者协会
主创人员：吉命土干、郑玉明、龙琼燕
编　　辑：黄娴
作品字数：2 066 字
刊播版面：要闻 1
首发日期：2016 年 8 月 22 日

作品简介

如何把矛盾纠纷化解在基层，如何为社区居民和城市流动人口送去法律服务并及时解决问题是推进平安法治云南建设的落脚点。作者深入城市社区蹲点采访，从社区居民、社区工作人员、法律服务队伍和社区创新举措等入手，采写了本篇报道。

获奖理由

该作品围绕社会创新治理这一主题，从基层社区入手，展现基层探索社会创新治理的新举措，也为其他社区创新社会治理工作提供了可资借鉴之处。报道一经推出便得到广泛关注。

新媒体展示

使用手机扫描下方二维码，即可观看本条获奖作品的新媒体展示。

一纸推广证
几多"生意经"

作品信息

作品类型:二等奖·调查性报道
刊播单位:《新华日报》
报送单位:江苏省新闻工作者协会
主创人员:陈道龙
编　　辑:林培
作品字数:2 804 字
刊播版面:经济 05
首发日期:2016 年 5 月 12 日

作品简介

这是一篇记者历时 4 个月明察暗访,揭露省级管理部门为了敛财滥发科技成果推广证,危害企业创新发展和真正科技成果推广、加重企业负担的问题调查报道。记者通过明察暗访,迂回获得零散证据,再通过多方求证,层层突破,获取真相。

新媒体展示

使用手机扫描下方二维码,即可观看本条获奖作品的新媒体展示。

获奖理由

该作品题材重大,有典型意义,敢于碰硬,扎实取证,社会效果显著,影响深远。从监督层级和效果看,在全国媒体中不多见。见报后,该作品被新华网、人民网、凤凰网等数十家网站转载。

求解邻避困境方法论

作品信息

作品类型:二等奖·文字系列
刊播单位:《南方日报》
报送单位:广东省新闻工作者协会
主创人员:集体
作品字数:3 931 字、2 977 字、3 151 字
刊播版面:A04 版、A03 版、A05 版
首发日期:2016 年 4 月 18 日—5 月 17 日

作品简介

"邻避冲突"问题在我国高发多发。广东省的经济发展和社会转型走在全国前列,"邻避问题"更为突出。《南方日报》机动记者部派出调研小组,兵分几路对省内外邻避类项目进行实地调查,并启动"1+X"报道机制,联合集团各主要媒体推出"求解邻避困境方法论"系列报道,对如何突破邻避困境开展积极的舆论引导。

获奖理由

直面邻避困境,深入一线广泛调研,集思广益,探析解困方法,可读悦读的文本与深度思考兼顾。无论是篇目构思、文字锤炼,还是报道角度与分寸的拿捏,都体现了主创团队对热点难点问题开展积极引导的导向意识与精准把握。

新媒体展示

使用手机扫描下方二维码,即可观看本条获奖作品的新媒体展示。

脱贫攻坚日记

作品信息

作品类型：二等奖·文字系列
刊播单位：《河南日报》
报送单位：河南省新闻工作者协会
主创人员：集体
作品字数：698字、688字、767字
刊播版面：要闻1、2、4版
首发日期：2016年12月2日—12月30日

作品简介

临近年底，《河南日报》回应党和人民的关切，精心策划了"扶贫攻坚日记"这组报道，由骨干记者组成两支报道组奔赴兰考和滑县，用日记的形式、第一人称的视角，讲述兰考、滑县基层干部的扶贫经历、感受。

新媒体展示

使用手机扫描下方二维码，即可观看本条获奖作品的新媒体展示。

获奖理由

这组报道通过兰考、滑县基层干部的扶贫经历和感受，表现脱贫攻坚这一宏大主题。策划到位，采访扎实，形式新颖，语言也具有表现力，是用小切口表现大主题的一次成功探索。

京城之大,能容得下小小的原子能楼吗?

作品信息

作品类型:二等奖·文字系列
刊播单位:《科技日报》
报送单位:专业报初评委员会
主创人员:陈磊、刘亚东
作品字数:2 073 字、988 字、644 字
首发日期:2016 年 6 月 20 日—9 月 4 日

作品简介

该作品报道了有着 63 年历史的"共和国科学第一楼"原子能楼被拆除的"前前后后",引发了社会公众对原子能楼尘封历史的关注和挖掘。采访过程中,记者突破重重阻挠,实地探访拆除现场,及时跟进,采写扎实。

获奖理由

虽然是围绕一栋楼而形成的新闻热点,但作品并不纠结于此楼的存与废,而是挖掘出科技历史遗存保护这一新课题,探讨如何在保留历史遗存与推进城市建设中寻求平衡,体现了科技与人文的结合,立意高远。

新媒体展示

使用手机扫描下方二维码,即可观看本条获奖作品的新媒体展示。

《家庭医生难聚人气 健康档案多成死档》组合报道

作品信息

作品类型：二等奖·文字组合
刊播单位：《北京青年报》
报送单位：北京市新闻工作者协会
主创人员：集体
作品字数：2 558字、1 564字、436字
刊播版面：本市·焦点05
首发日期：2016年6月26日

作品简介

设置家庭医生是深化医疗改革、造福人民群众的便民医改举措，在实际执行中，由于相关政府机构未对实际情况进行深入研究，使得好事不能办好。该作品对这一问题进行了深入的报道研究，指出了造成"难聚人气"这一尴尬状况的原因并提出改进措施。

新媒体展示

使用手机扫描下方二维码，即可观看本条获奖作品的新媒体展示。

获奖理由

这是一组媒体服务百姓民生、支招深化改革、彰显社会责任的组合报道。稿件刊发后，引发巨大社会反响，先后被网易、凤凰、腾讯、搜狐等大型门户网站以及政府网站、健康专业网站等转载上千次，并在市民中引发热议。

2月2日
《解放军报》头版1版

✉ 作品信息

作品类型：二等奖·报纸版面
刊播单位：《解放军报》
报送单位：中国新闻漫画研究会
主创人员：孙阳、曾火伦、罗辑
刊发版面：头版1
首发日期：2016年2月2日

💻 作品简介

该版面充分体现了《解放军报》作为军委机关报的职能担当，以强势的版面语言，图文并茂地记录了五大战区成立这一重大历史时刻。版面以可视化方式呈现，特色鲜明，大气舒朗，保证了重要信息的传递和版面视觉冲击力，突显了大报风范，整体效果好。

💬 获奖理由

军改是近年来一直热度不减的重大事件，成立战区更是此轮军改的标志性事件。本版主题突出，视觉冲击力强，尤其是政治性很强的新闻报道，能够完整、准确、立体地报道军改中五大战区成立情况，凸显了军报特色、大报风范。

📶 新媒体展示

使用手机扫描下方二维码，即可观看本条获奖作品的新媒体展示。

9月5日《河南日报》特刊4-5版

作品信息

作品类型:二等奖·报纸版面
刊播单位:《河南日报》
报送单位:中国新闻漫画研究会
主创人员:集体
刊发版面:特刊4-5
首发日期:2016年9月5日

作品简介

针对G20杭州峰会这一重大新闻事件,连版特刊的设计匠心独运、韵味无穷。版面内容软硬结合,背景资料翔实,版式清新大方,色块搭配相得益彰。极富视觉冲击力的大幅照片充当版面的主角,增加了连版的整体美感和可阅读性,视觉效果较好。

新媒体展示

使用手机扫描下方二维码,即可观看本条获奖作品的新媒体展示。

获奖理由

该版面内容围绕G20杭州峰会这一重大新闻题材展开,新闻性较强,内容软硬结合,背景资料翔实,可读性较强,版式设计清新大方,具有较强的视觉冲击力。总的来看,该版内容和形式相得益彰,体现出较高的设计水准。

"狗不咬"乡长

作品信息

作品类型：二等奖·报纸副刊
刊播单位：《新民晚报》
报送单位：中国报纸副刊研究会
主创人员：刘克定
编　　辑：龚建星
作品字数：1 397 字
刊发版面：夜光杯 A25
首发日期：2016 年 1 月 15 日

作品简介

《"狗不咬"乡长》是一篇短小精悍、观点新颖的杂文。文章既列举了接地气、贴生活的生动事例，又结合援引了中国古代早已有的"君子之学""小人之学"的本质与区别，揭示了当下干部选拔上存在的问题。

获奖理由

本文视角独特，它不是采用传统杂文讽刺、挖苦、调侃，由尖锐批评引出改革方略等方式，而是重在褒扬干部选拔上那些令人赏心悦目的新鲜事，从而推导出新时期干部选拔和使用上应有的价值取向，有理有节，苦口婆心，令读者如沐春风。

新媒体展示

使用手机扫描下方二维码，即可观看本条获奖作品的新媒体展示。

田里的雕像

作品信息

作品类型:二等奖·报纸副刊
刊播单位:《解放日报》
报送单位:中国报纸副刊研究会
主创人员:陈启文
编　　辑:徐芳
作品字数:6 582 字
刊发版面:朝花周刊头版 09
首发日期:2016 年 10 月 13 日

作品简介

袁隆平的故事,其实已经一写再写了,但就是在这样一个重复了多次的选题中,本文作者依靠细节、文笔以及独特的角度,成为众多同题作文中的佼佼者。真正的精品,是不畏第二,甚至第三落点的。优者自优,精品自有精彩之处。

新媒体展示

使用手机扫描下方二维码,即可观看本条获奖作品的新媒体展示。

获奖理由

此文是有担当的,敏感地抓住人类生存的难题——粮食,把粮食置于天、地、人、时的交织中,宏阔恢弘,又细致入微,富有文学追求。力量与罕见的朴素表述结合,构成了报告文学真正的诗意。

中国新闻奖

文字类·三等奖

研究生在陇县当羊倌 瞄的是世界市场空白

📧 作品信息

作品类型：三等奖·文字消息
刊播单位：《宝鸡日报》
报送单位：陕西省新闻工作者协会
主创人员：杨楠
编　　辑：王兵
作品字数：924 字
刊播版面：要闻 2
首发日期：2016 年 12 月 27 日

💻 作品简介

只有通过政策引导吸引更多的高端人才和资源进入农业生产领域，才能使先进的科技得到应用，农业竞争力进一步提升，从而形成良好的循环。陇县引进研究生等高端人才从事养殖业，就做出了很好的示范和探索。

💬 获奖理由

这篇作品通过探寻、书写研究生文静从大都市高级研究者到基层农场管理者转变的心路历程，让读者领略到新时期科技工作者一心为农、志存高远的事业追求。文章立意深远，语言质朴感人，说理令人信服，为农村人才难求、人才难招的现象提供了破解思路。

新媒体展示

使用手机扫描下方二维码，即可观看本条获奖作品的新媒体展示。

引江济淮为候鸟调整方案

作品信息

作品类型:三等奖·文字消息
刊播单位:《新安晚报》
报送单位:安徽省新闻工作者协会
主创人员:刘旸、项磊、刘建昌
编　　辑:张文洲、李利
作品字数:791字
刊播版面:安徽新闻 A04
首发日期:2016年12月30日

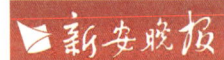

作品简介

引江济淮是安徽人期盼了50年的世纪工程。2016年12月29日,引江济淮工程举行开工动员大会后,《新安晚报》于次日刊发了独家报道《引江济淮为候鸟调整方案》。稿件源自记者对省水利水电勘测设计院相关负责人的独家采访,找到了与其他媒体不同的报道角度。

新媒体展示　　 获奖理由

使用手机扫描下方二维码,即可观看本条获奖作品的新媒体展示。

首先,这是一篇同题新闻中的独家报道,从所有参与报道引江济淮工程开工动员大会的媒体中独辟蹊径。其次,这篇报道有助于公众更全面地了解引江济淮工程,为工程顺利推进助力。最后,该报道也让社会了解安徽打造生态强省的决心,为生态美好安徽营造更好的舆论环境。

封存公章六十枚 办照仅需一小时

作品信息

作品类型：三等奖·文字消息
刊播单位：《沈阳晚报》
报送单位：辽宁省新闻工作者协会
主创人员：白昕
作品字数：755字
刊播版面：城事观察2
首发日期：2016年4月2日

作品简介

2016年4月1日，一场特殊的仪式在沈阳市和平区政务审批服务局办事大厅内举行，在办事群众和相关政府职能部门负责人的共同见证下，来自房产、卫生等16个职能部门的60枚审批公章被永久封存，成为历史。

获奖理由

这篇报道时效性、新闻性俱强，本届中央政府开门第一件大事就是转变职能、简政放权。李克强总理曾表示，本届政府下决心再削减三分之一以上行政审批事项，而公章的去留正是政府职能转变的一个重要标志，这显示出本文具有强烈的新闻性和重大典型意义。

新媒体展示

使用手机扫描下方二维码，即可观看本条获奖作品的新媒体展示。

36年"捡"出一座图书馆

✉ 作品信息

作品类型:三等奖·文字消息
刊播单位:《四川日报》
报送单位:四川省新闻工作者协会
主创人员:吴晓铃
编　　辑:刘骞、陈四四
作品字数:884字
刊播版面:要闻3
首发日期:2016年12月17日

作品简介

记者在走基层时获悉,拾荒老人陈光伟自掏腰包"捡"出一座图书馆,滋养教化了当地无数人,眼下却难以为继。好奇的记者走近了老人并深受触动,在《四川日报》刊发系列独家报道,呼吁为老人收藏的古籍寻"新家"。

新媒体展示

使用手机扫描下方二维码,即可观看本条获奖作品的新媒体展示。

获奖理由

该报道用持续的跟进呼吁,彰显了媒体的社会责任。通过独家发掘并跟踪报道、引发关注、主动推动,媒体促成了老人心愿的达成,更以此向社会清晰地传递出尊重知识、致敬奉献的价值观。

一线代表"接力"建言：艰苦岗位津贴免征个税

作品信息

作品类型：三等奖·文字消息
刊播单位：《工人日报》
报送单位：专业报初评委员会
主创人员：李瑾、罗娟
编　　辑：赵巧萍、陈俊宇
作品字数：956字
刊播版面：要闻1
首发日期：2016年3月14日

作品简介

这篇消息聚焦三位来自生产一线的全国人大代表为610万煤炭工人切身利益"接力建言"的新闻事件，突出彰显了普通劳动者进入国家最高权力机关这一政治制度安排的重要作用，是中国民主政治中底层群体充分实现利益表达的一个生动缩影。

获奖理由

作品用新闻事实构建全篇，既有一线代表接力建言的行动描述，又有个税征缴现状的细节背景，信息清晰，语言生动简洁，立意凝练。让底层利益诉求得到公平表达的机会是社会公正和国家治理的重要体现。

新媒体展示

使用手机扫描下方二维码，即可观看本条获奖作品的新媒体展示。

纳税失信306人被取消参选资格

作品信息

作品类型：三等奖·文字消息
刊播单位：《中国税务报》
报送单位：行业报协会
主创人员：朱彦、徐卫兴、黄练、郭良东、
　　　　　杨舒、叶刚
编　　辑：厉征
作品字数：692字
刊播版面：要闻1
首发日期：2016年11月18日

作品简介

结合基层报来的典型素材，主创人员及时采访省统战部、省工商联相关负责人并获取综合情况，迅速采写消息稿件，为诚信发声，为公众立言，同时通过采访知名财经专家，补充新闻点评，进一步扩大了消息容量，放大了新闻视角。

新媒体展示

使用手机扫描下方二维码，即可观看本条获奖作品的新媒体展示。

获奖理由

本作品在《中国税务报》头版头条位置刊发后，产生了积极的社会影响，向社会传递了一个重要信号，即"一处失信，处处受限"，倡导了守法、守信的公序良俗，助推了社会信用体系建设。全国推出纳税"红黑榜"联动机制，诚信纳税者一路绿灯，纳税失信者处处受限。稿件抓住湖北省人大、政协、工商联换届中，306人因纳税失信被取消参选资格这一新闻点，用事实说话，文字简明扼要，社会反响好。

我市公布首批 11 个"蜗牛奖"事项

✉ 作品信息

作品类型：三等奖·文字消息
刊播单位：《泰州日报》
报送单位：江苏省新闻工作者协会
主创人员：叶桂华
编　　辑：刘保华、常国梁
作品字数：996 字
刊播版面：封面 01
首发日期：2016 年 4 月 14 日

💻 作品简介

2016 年初泰州提出设立"蜗牛奖"设想后，引发广泛关注。大家都在观望，这个奖项是否真能评出来，本报编委会也将此作为重点选题予以关注。4 月，在得知首批"蜗牛奖"即将公布的消息后，编委会迅速启动重大报道应急机制，精心策划，安排记者提前介入，深入采访。

💬 获奖理由

稿件见报后，在泰州各级党员干部中引起"强震"，大家纷纷自我对照，警醒奋发，"为官有为、必须有为"的鲜明价值导向在泰州进一步形成。"蜗牛奖"有力推动了泰州行政体制改革进程，开辟了群众监督的新渠道，进一步融洽了干群关系，优化了投资环境。

📶 新媒体展示

使用手机扫描下方二维码，即可观看本条获奖作品的新媒体展示。

梁平率先在全国试点退出承包经营权

作品信息

作品类型:三等奖·文字消息
刊播单位:《重庆日报》
报送单位:重庆新闻工作者协会
主创人员:张国勇、罗成友
编　　辑:隆梅
作品字数:812字
刊播版面:封面01
首发日期:2016年8月17日

作品简介

全国农村改革试点区县之一的梁平区率先试点农地承包经营权退出改革,以农民自愿和有偿退出为原则,引导不愿种地的农户退出承包地,走在了全国农村深化改革的前列。

新媒体展示

使用手机扫描下方二维码,即可观看本条获奖作品的新媒体展示。

获奖理由

农村改革历来都是改革的突破口之一,梁平承包地退出机制改革稿件见报后,引起了市内外众多读者的热议,舆论对这一探索予以了较高的肯定,梁平县有关部门也表示深受鼓舞。

菲南海仲裁案所谓最终裁决公布中方强调不接受不承认

✉ 作品信息

作品类型：三等奖·文字消息
刊播单位：新华通讯社
报送单位：新华通讯社
主创人员：刘芳、甘春
编　　辑：严文斌、冯坚
作品字数：847字
刊播版面：通稿
首发日期：2016年7月12日

💻 作品简介

精心选材加工，注重陈情说理，彰显中国站位和负责任大国形象。稿件在报道所谓仲裁结果的同时，通过添加我国正式回应等内容，既表明中国严正立场，反衬出仲裁闹剧的荒唐以及美菲等国滥用国际法的阴险用心和恶劣影响，又凸显了我国有理有据维护国家利益和国际法理的负责任大国形象。

💬 获奖理由

稿件主题重大，策划到位，写作精良，发稿及时，采用广泛。稿件从中国视角和中国站位报道这一重要事件，既有裁决结果，也有背景介绍，逻辑顺畅，一气呵成，是近年来重要涉华报道的精品。

新媒体展示

使用手机扫描下方二维码，即可观看本条获奖作品的新媒体展示。

普光气田技术输出 国外看好国内遇冷

作品信息

作品类型：三等奖·文字消息
刊播单位：《中原石油报》
报送单位：河南省新闻工作者协会
主创人员：李忠宇、仇国强、薛相才
编　　辑：王洪靓
作品字数：908 字
刊播版面：经济 2
首发日期：2016 年 12 月 31 日

作品简介

作者在采访目前国内最大的高含硫气田——普光气田时发现，普光气田开发技术在 2012 年被评为国家科技进步奖特等奖，使我国成为世界上少数几个掌握高含硫气田高效开发核心技术的国家之一。

新媒体展示

使用手机扫描下方二维码，即可观看本条获奖作品的新媒体展示。

获奖理由

作品刊出后，首先引起石油石化行业的关注，《中国石化报》《中国能源报》等媒体进行了转发。同时，此稿也引起了新华社领导的高度重视，新华社记者到普光气田等地进行了深入的采访，并写成了内参，引起了国家领导人和有关部门的关注。

文字类·三等奖

Manila Urged to Put Aside Upcoming Ruling
(消息人士呼吁菲方搁置即将公布的仲裁结果)

✉ 作品信息

作品类型:三等奖·文字消息
刊播单位:《中国日报》
报送单位:《中国日报》
主创人员:张陨璧、吴姣
编　　辑:吴姣
作品字数:480 字
刊播版面:要闻 1 转 3
首发日期:2016 年 7 月 4 日

💻 作品简介

在中宣部和外交部指导下,《中国日报》顺势而为、主动策划,实施"放气球"策略,在仲裁案结果出炉前约一周,采访权威消息人士,首次点出中国政府最新立场:中方不会基于南海仲裁裁决重启与菲方的涉争议谈判;采编团队在确保报道内容准确客观、新闻要素完整的前提下,同意匿名引述表态。

💬 获奖理由

这篇稿件是《中国日报》针对国家核心利益话题,自主策划的重要独家新闻,国际反响强烈。采编团队主动配合中央外事工作部署,及时权威有力地阐释了中方立场。在传播手段上,该作品顺应并有效使用"放气球"策略,积极主动塑造国际舆论,有效对冲西方对我国的舆论攻击。

📶 新媒体展示

使用手机扫描下方二维码,即可观看本条获奖作品的新媒体展示。

海军组织航母编队实际使用武器演习

✉ 作品信息

作品类型：三等奖·文字消息
刊播单位：《人民海军报》
报送单位：中央军委政治工作部宣传局
主创人员：刘文平、蒲海洋
编　　辑：蔡年迟
作品字数：878 字
刊播版面：要闻 1
首发日期：2016 年 12 月 16 日

🖥 作品简介

获悉海军将首次组织航母编队实兵实弹（实际使用武器）演习这一重大新闻信息后，报社立即抽组精干力量，积极争取海军有关部门支持，最终文字记者和摄影记者登上辽宁舰，亲眼见证此次演习全过程，并迅速形成文字稿件，传回现场照片。

📶 新媒体展示

使用手机扫描下方二维码，即可观看本条获奖作品的新媒体展示。

💬 获奖理由

"当代海军"微信公众号转发此文 2 小时后，阅读量就达到"10 万＋"，微友好评如潮，盛赞"中国伟大，海军威武"。此外，国内外还有数十家网络、新媒体转载了此文，网友跟帖、点赞无数，再一次激发了国人的民族自豪感，提振了军心士气，引发了国人关注国防、支持国防、投身国防的热情。

城市建设"慎落子"才能"少悔棋"

作品信息

作品类型:三等奖·文字消息
刊播单位:《南京日报》
报送单位:左中甫
主创人员:左中甫
编　　辑:金耀、储金生
作品字数:1 169 字
刊播版面:评论 A10
首发日期:2016 年 9 月 19 日

作品简介

2016 年 9 月,武汉大学一座获得鲁班奖的大楼因有碍周边湖景被拆,引发很大争议。这件事发生在中央城市工作会议召开之后,短短几个月里,各地拆楼之声此起彼伏。这篇评论联系中国当代城市发展进程,给出了清晰回答:城市建设"慎落子"才能"少悔棋"。

获奖理由

本文见报后,受到众多读者的好评和转发。当天,该文在南报网上网后,接连被网易新闻、海峡网、视界网、中国文明网、南京市委网、山西新闻网等数十家网络媒体转载。

新媒体展示

使用手机扫描下方二维码,即可观看本条获奖作品的新媒体展示。

站在真理和道义的高山上

✉ 作品信息

作品类型:三等奖·文字消息
刊播单位:《湖南日报》
报送单位:湖南省新闻工作者协会
主创人员:龚政文、奉清清
编　　辑:龚政文
作品字数:1 258 字
刊播版面:头版 1
首发日期:2016 年 9 月 8 日

💻 作品简介

2016年习近平总书记"七一"重要讲话发表后,《湖南日报》在已组织多轮宣传和理论专题阐释的基础上,于9月8日至15日,连续刊发8篇系列评论员文章《让我们"不忘初心 继续前进"》,围绕"不忘初心 继续前进"进行深入阐释和延伸解读,发出湖南共产党人贯彻落实"七一"重要讲话的铿锵声音。

📶 新媒体展示

使用手机扫描下方二维码,即可观看本条获奖作品的新媒体展示。

💬 获奖理由

《站在真理和道义的高山上》站在时代的高点,以穿越时空的视角、深邃的理性思辨、平实而富有张力的语言阐述"初心",大气磅礴,深入浅出。文章在"新湖南"客户端推送后,原始点击量近 8 万。由其领衔的系列评论在"新湖南"客户端首页首屏推广,原始点击量达 31.5 万。

"不怕敏感问题"正是解决问题的开始

作品信息

作品类型：三等奖·文字消息
刊播单位：《羊城晚报》
报送单位：广东省新闻工作者协会
主创人员：朱悦进
编　　辑：张齐
作品字数：1 177 字
刊播版面：时评 A06 版
首发日期：2016 年 3 月 3 日

作品简介

《羊城晚报》时评编辑部在商讨议题时认识到，这一表态不同凡响，不仅对我国新闻发言人制度有所推动，而且，步入深水区的改革也面临诸多敏感问题，敢不敢触碰这些敏感问题，对外界来说有着特殊意味。编辑部遂定下这一议题，并作为当天《羊城晚报》时评版的"首席评论"刊发。

获奖理由

此评论借全国政协发言人之口巧妙切入话题，一语双关，可获多重成效。特别是在舆论场嘈杂多元的背景下，倡导权威信息及时发布，正视听、显真相，从而获得社会认知的"最大公约数"，意义非比寻常。文章立意较高，社会针对性强，论述透彻，令人信服。

新媒体展示

使用手机扫描下方二维码，即可观看本条获奖作品的新媒体展示。

不能以极端个案指责社会 否定时代

作品信息

作品类型：三等奖·文字消息
刊播单位：《北京日报》
报送单位：北京市新闻工作者协会
主创人员：崔文佳
编　　辑：毛晓刚、张砥
作品字数：1217字
刊播版面：七日谈7
首发日期：2016年9月14日

作品简介

2016年9月，甘肃农妇杀子案、辽宁运钞车司机抢劫案经报道后引发广泛关注，《北京日报》评论部关注到这一舆情，在报社领导的指导下迅速组织评论文章予以回应，旗帜鲜明地反驳上述文章的观点，分析其论述逻辑的荒谬，点出文章缺乏法治精神的事实。

新媒体展示

使用手机扫描下方二维码，即可观看本条获奖作品的新媒体展示。

获奖理由

这篇评论针对社会上所谓的"盛世蝼蚁论"的热点话题展开批驳。评论观点鲜明，论述充分，发声及时有力，是一篇明辨是非、澄清谬误的好评论。文章小中见大、由点及面，挖掘了偏激论调出现的深层原因及其荒谬之处，促进人们在法治社会建设中形成基本共识和正确的法治理念。

民主失算与媒体失范

✉ 作品信息

作品类型:三等奖·文字消息
刊播单位:《中国社会科学报》
报送单位:中国社会科学院新闻所
主创人员:李新烽
编　　辑:王广、张天悦
作品字数:1 952 字
刊播版面:要闻 A01
首发日期:2016 年 12 月 29 日

💻 作品简介

在 2016 年世界主要媒体的国际十大新闻评选中,英国脱欧公投和美国总统大选不约而同地入选,这再次引起世人对西式民主和西方所谓的"新闻自由"的思考与议论。

💬 获奖理由

该评论敏感地捕捉到英国脱欧公投和美国总统大选入选国际十大新闻这一新闻点,将两者与西方民主、西方新闻自由联系起来,直指西方民主与媒体之间的问题,揭示了西方民主模式与新闻自由范式的问题所在。

 新媒体展示

使用手机扫描下方二维码,即可观看本条获奖作品的新媒体展示。

洪水面前,谁都不是旁观者

作品信息

作品类型:三等奖·文字评论
刊播单位:《中国青年报》
报送单位:专业报初评委员会
主创人员:王钟的
编 辑:冯雪梅、王素洁
作品字数:1 171 字
首发日期:2016 年 7 月 26 日

作品简介

2016年入夏以后,暴雨侵袭全国多个地区,造成了严重的洪涝灾害。救灾是一场与时间的赛跑。文章从多个角度阐述了这样一个道理:人人都有义务在灾难中贡献自己的力量,一个完善的救灾体系离不开全社会各方面的努力。

新媒体展示

使用手机扫描下方二维码,即可观看本条获奖作品的新媒体展示。

获奖理由

这篇作品之所以能在诸多评论中脱颖而出,关键在于记者敏锐地发现了此次抗洪救灾工作中出现的新问题,针对性强,文章结构清晰。同时,有助于引导公众形成正确的救灾意识,并对现代灾害治理工作提出建设性意见。

无病呻吟、离经叛道怎能成艺术支点

作品信息

作品类型:三等奖·文字评论
刊播单位:《文汇报》
报送单位:上海市新闻工作者协会
主创人员:王彦
编　　辑:黄强、郑逸文
作品字数:1 288 字
首发日期:2016 年 1 月 14 日

作品简介

2016年1月,"大同大张"个展在上海当代艺术博物馆展出。《文汇报》记者在观展并与专家探讨后,对此个展提出批评:这样的作品不能达到"滋养人心"的艺术初心。"艺术应该向大众传递健康向上的人生观、价值观和艺术观。"

获奖理由

时下,有些人把某些当代艺术作品归为"创新",认为"艺术家首先应当拒绝重复",只有疯狂发泄,甚至以生命为代价,才无法复制。对此,《文汇报》评论呼吁当代艺术创作者能站到万物茂盛的阳光里,尊重更多人的审美理想。

新媒体展示

使用手机扫描下方二维码,即可观看本条获奖作品的新媒体展示。

名医进社区为何遭冷遇

作品信息

作品类型:三等奖·文字通讯
刊播单位:《贵州商报》
报送单位:贵州省新闻工作者协会
主创人员:刘丹
编　辑:刘杰、刘皓
作品字数:2 538 字
首发日期:2016 年 11 月 21 日

作品简介

这些年,政府一直鼓励分级诊疗,提倡优质医疗资源下基层。记者跟着一位知名专家分别在医院门诊部和社区医院坐诊,体验到了一号难求和门可罗雀。医生是同一个医生,为何患者的反差如此之大?为此,记者展开了调查。

新媒体展示

使用手机扫描下方二维码,即可观看本条获奖作品的新媒体展示。

获奖理由

该通讯通过白描式的纪实写法与"麻雀式"的解剖,反映出改革必须重视实效,必须以真正解决人民群众的实际需求为检验标准。报道推动了贵阳市医疗资源下基层工作的落实,促进了优质医疗资源的合理分配。

探秘"墨子号"

作品信息

作品类型：三等奖·文字通讯
刊播单位：《安徽日报》
报送单位：安徽省新闻工作者协会
主创人员：桂运安
编　　辑：陈群、吴永红
作品字数：2 738 字
首发日期：2016 年 8 月 16 日

作品简介

"墨子号"由中国科技大学主导研制，是世界首颗量子科学实验卫星。其成功发射，被誉为量子通信技术发展的重要里程碑。"墨子号"2016 年 8 月 16 日凌晨发射，稿件当天见报，记者在全省媒体中率先刊发深度报道，拔得头筹。

获奖理由

世界首颗量子科学实验卫星"墨子号"发射，成功入选 2016 年度中国十大科技进展新闻，并被国际权威学术期刊《自然》评为全球年度重大科学事件。该稿件主题重大、亮点突出、时效性强，是一篇极具新闻性的优秀通讯报道。

新媒体展示

使用手机扫描下方二维码，即可观看本条获奖作品的新媒体展示。

让正义不再迟到

作品信息

作品类型：三等奖·调查性报道
刊播单位：人民法院新闻传媒总社
报送单位：专业报初评委员会
主创人员：李敏、荆龙
编　　辑：张先明、刘曼
作品字数：3 957 字
首发日期：2016 年 12 月 3 日

作品简介

报社组成 4 人报道团队，提前策划报道方案，记者深入聂树斌故意杀人、强奸妇女再审案专案组进行独家深度采访，全面细致地展现了由最高人民法院第二巡回法庭 5 名法官组成的合议庭的裁判理念和办案过程。

新媒体展示

使用手机扫描下方二维码，即可观看本条获奖作品的新媒体展示。

获奖理由

这是一篇策划非常充分的报道，体现了采编团队较高的职业素养。聂树斌案的报道展现了最高人民法院为当事人负责、为法律负责的担当精神，在中国司法史上具有标杆意义，其传播的法律价值和新闻价值是无法估量的。

一个智能马桶就有 35 项国家专利

作品信息

作品类型：三等奖·文字通讯
刊播单位：《泉州晚报》
报送单位：福建省新闻工作者协会
主创人员：郭培明、邱和军
编　　辑：李雅琴、彭耕耘
作品字数：1 920 字
首发日期：2016 年 3 月 10 日

作品简介

2016 年 3 月 6 日上午，全国人大代表、福建省委书记尤权为民族知名品牌九牧的马桶盖"做广告"。记者第一时间实地走访多家企业、行业协会和相关部门，迅速成稿，同时配发评论，成为最早解读尤权书记点赞九牧的深度报道。

获奖理由

该报道紧扣社会热点，层次分明，论证有力，从单个企业小处切入，立足行业，揭示民营企业特别是制造业企业在供给侧结构性改革大背景下倡导"工匠精神"，寻求创新发展所取得的明显成效，具有较强的现实性和借鉴意义。

新媒体展示

使用手机扫描下方二维码，即可观看本条获奖作品的新媒体展示。

"先投后奖"
走通股权奖励路

✉ 作品信息

作品类型：三等奖·文字通讯
刊播单位：《解放日报》
报送单位：上海市新闻工作者协会
主创人员：俞陶然
编　　辑：徐蓓蓓、王仁维
作品字数：2 280 字
首发日期：2016 年 8 月 10 日

💻 作品简介

上海理工大学太赫兹项目是上海科创中心建设"22条"发布后，第一个按照"科技成果转化收益归属，研发团队所得比例不低于70%"规定操作的项目。记者跟踪此事进展，采访多位负责人，在第三次专题协调会后写下了这篇独家报道。

📶 新媒体展示

使用手机扫描下方二维码，即可观看本条获奖作品的新媒体展示。

💬 获奖理由

该篇采访扎实、表述准确的报道，讲述了上海多个部门以太赫兹案例为"样板工程"，积极协商，谋求共识，在全国率先走通"先投后奖"之路的历程，体现了上海加快建设具有全球影响力的科技创新中心的积极作为。

《更路簿》:再不保护就来不及了

作品信息

作品类型:三等奖·文字通讯
刊播单位:《海南日报》
报送单位:海南省新闻工作者协会
主创人员:集体
作品字数:2 084 字
首发日期:2016 年 3 月 7 日

作品简介

2016 年,国家海洋局海洋发展战略研究所与海南大学共同推动设立了研究《更路簿》的课题。研究所所长高之国在筹备开展该课题时发现,南海《更路簿》已经到了需要"抢救性保护"的地步,引发了社会的热切关注。

获奖理由

《更路簿》发掘、保护、研究和传承相关工作有序、深入开展,为维护我国南海主权提供了有力依据。

新媒体展示

使用手机扫描下方二维码,即可观看本条获奖作品的新媒体展示。

全球最大小商品城 何以三十年兴盛不衰

作品信息

作品类型:三等奖·文字通讯
刊播单位:《金华日报》
报送单位:浙江省新闻工作者协会
主创人员:何百林
编　　辑:方青云
作品字数:2 860字
首发日期:2016年5月16日

作品简介

2016年5月16日,中宣部在义乌市召开"建设核心价值 构建诚信社会"现场交流会,学习推广义乌市场诚信体系建设的成功经验。《金华日报》记者获悉后,提前进行了深入采访,并于交流会召开当天刊发了这篇稿件。

新媒体展示

使用手机扫描下方二维码,即可观看本条获奖作品的新媒体展示。

获奖理由

义乌市场既是义乌的名片,也是浙江乃至中国的名片。该作品题材重大、视角开阔,较好地诠释了义乌诚信立市的内涵和重大意义。

2万户"弃选"最贵自住房引争议

作品信息

作品类型：三等奖·文字通讯
刊播单位：《北京晚报》
报送单位：北京市新闻工作者协会
主创人员：赵莹莹
编　　辑：张建华
作品字数：1948字
首发日期：2016年7月15日

作品简介

这则消息来源于网络论坛的一篇帖子。记者在论坛上看到帖子后，辗转联系到发帖人，多方核实选房过程。为确保报道的真实性和客观性，记者随后又从政府部门的公示文件中求证细节，并向开发商求证，力求尽力还原事件真相。

获奖理由

这是一篇新闻工作者彰显社会责任、积极维护人民群众利益的调查性报道。全文事实描述生动细致、层次清楚、剥丝抽茧，最终揭开事实真相。记者熟悉相关业务、采访深入细致，写作出这篇引人入胜的调查式通讯稿。

新媒体展示

使用手机扫描下方二维码，即可观看本条获奖作品的新媒体展示。

湘南有趟
"农民免费进城专列"

作品信息

作品类型:三等奖·文字通讯
刊播单位:《湖南日报》
报送单位:湖南省新闻工作者协会
主创人员:邓晶琎
编　　辑:孙振华
作品字数:2 290 字
首发日期:2016 年 12 月 22 日

作品简介

在郴州火车站,有一趟铁路部门内部通勤车,却成了沿线村民也可免费搭乘的"顺风车",深受当地农民欢迎。记者实地上车体验,通过大量生动对话,记录乘客与免费专列的故事,传递平凡美好的温暖,传播浓浓的为民情怀。

新媒体展示

使用手机扫描下方二维码,即可观看本条获奖作品的新媒体展示。

获奖理由

此报道紧扣民生视角,讲述百姓故事,传播民本情怀,首次将铁路部门的善意之举通过主流媒体进行正面、深度宣传,一改铁路部门"铁老大"的刻板形象,赢得了良好的百姓口碑。报道配发短评,弘扬了社会正能量。

10年徒步巡线6万里
守护雪域高原幸福路

作品信息

作品类型:三等奖・文字通讯
刊播单位:《拉萨晚报》
报送单位:西藏自治区新闻工作者协会
主创人员:赵慧
编　　辑:刘峪竹、丹增央吉
作品字数:2017字
首发日期:2016年7月4日

作品简介

2006年7月1日,作为我国西部大开发标志性工程之一的青藏铁路全线通车运营。本文以一位"天路卫士"为切入点,运用真实生动的事例描写了他为保护青藏铁路大动脉的安全畅通,在海拔4 300米的当雄县坚守10年的感人事迹。

获奖理由

青藏铁路通车10周年,具有重大意义。该文章语言精练、文字鲜活、可读性强,刊发后,在社会上引起了强烈反响,被快搜西藏、拉萨市委政务网等网站转发,弘扬了主旋律,传递了正能量。

新媒体展示

使用手机扫描下方二维码,即可观看本条获奖作品的新媒体展示。

历史深处的证言:
寻访联合国珍藏的"九一八"真相

✉ 作品信息

作品类型:三等奖·文字通讯
刊播单位:中国新闻社
报送单位:专业报初评委员会
主创人员:彭大伟
编　　辑:夏宇华、吴庆才
作品字数:1 688 字
首发日期:2016 年 9 月 17 日

💻 作品简介

此报道以独家获取的第一手史料,采访历史当事人和权威专家,有力地揭示了日军悍然发动以"九一八"事变为开端的侵华战争的罪恶本质。

📶 新媒体展示

使用手机扫描下方二维码,即可观看本条获奖作品的新媒体展示。

💬 获奖理由

历史是最好的教科书,也是最好的清醒剂。记者独家采访联合国日内瓦办事处档案馆馆长,查阅该馆收藏的联合国前身——国际联盟的档案资料,揭露了当年日本的侵华罪行,申明了中国被侵略的事实,取得很好的国内外传播效果。

两份账单记录的坚守与感动

作品信息

作品类型:三等奖·文字通讯
刊播单位:《咸阳日报》
报送单位:陕西省新闻工作者协会
主创人员:阎晋、张颖、韩焱
编　　辑:魏琪
作品字数:2 889 字
首发日期:2016 年 12 月 28 日

作品简介

采访穆娟,是记者在调研精准脱贫攻坚时的一次偶遇。兄弟两家 6 口人,3 人残疾、2 名大学生,穆娟是这个家唯一的支撑。而两份分别由穆娟和她丈夫保存的账单,更是一笔笔记载着这个关中农家妇女的艰辛劳作和诚实守信。

获奖理由

这是一篇以小人物写大题材,以个人命运悲喜记录时代起伏,写出了根植于乡土的传统美德与道德的优秀通讯作品。两份账单成功勾画了一名关中农家妇女,面对家庭的不幸和灾难、清贫和困厄、亲情与责任,不舍不弃、坚忍顽强而又诚实守信的时代形象。

新媒体展示

使用手机扫描下方二维码,即可观看本条获奖作品的新媒体展示。

60年,和国家主席的两次握手

作品信息

作品类型:三等奖·文字通讯
刊播单位:《吉林日报》
报送单位:吉林省新闻工作者协会
主创人员:陈耀辉、谢晓林、赵赫男
编　　辑:赵乃政、唐咏
作品字数:2 942字
首发日期:2016年12月8日

作品简介

60年,先后被两位国家领导人接见,这样的新闻人物,触动着记者的新闻敏感神经。记者以金英淑和国家主席两次握手为脉络,将个体的命运与时代发展相结合,用个体反映时代,用平凡反映不平凡。

新媒体展示

使用手机扫描下方二维码,即可观看本条获奖作品的新媒体展示。

获奖理由

这篇报道的特色之一是点面结合、主题突出,既有历史的厚重感,又有现实的纵深感;特点之二是结构巧妙、叙事高超,将跨度60年的过程素材浓缩为2 000余字;特点之三是文字凝练、细节丰富,语言富有生活气息。

高校科研经费管理乱象调查

作品信息

作品类型:三等奖·调查性报道
刊播单位:《法制日报》
报送单位:专业报初评委员会
主创人员:余东明
编　　辑:余飞
作品字数:3 346 字
首发日期:2016 年 12 月 28 日

作品简介

2016年2月复旦大学两个科研经费贪腐案一审判决,记者介入调查,考虑到案件报道应该在法院终审判决后发表的相关规定,遂成稿于二审判决后。稿件刊发后,在短短半天的时间里被传统媒体和新媒体广泛转载。

获奖理由

记者针对复旦大学科研经费贪腐案展开调查,走访了多所高校。在新闻快餐成风的当下,"用脚采访,用笔还原"的调查性报道尤其可贵。稿件刊发后短短半天内被传统媒体和新媒体广泛转载,引起了社会各界的广泛共鸣。

新媒体展示

使用手机扫描下方二维码,即可观看本条获奖作品的新媒体展示。

老郭的"引力波"不是科学的引力波

作品信息

作品类型：三等奖·文字通讯
刊播单位：《科技日报》
报送单位：专业报初评委员会
主创人员：刘莉
编　　辑：刘亚东、胡兆珀
作品字数：1 611 字
首发日期：2016 年 2 月 22 日

作品简介

2016年2月，一个下岗工人多年前提出"引力波"一事在网络上迅速发酵，在社会上特别是科技界产生恶劣影响。记者第一时间进行深入采访，在查阅、掌握大量资料的基础上，采访了多位科技专家，廓清了事实真相。

新媒体展示

使用手机扫描下方二维码，即可观看本条获奖作品的新媒体展示。

获奖理由

记者采访细致到位、写作深入浅出，用老百姓看得懂的语言厘清科学事实，还原事件的来龙去脉，及时解答、澄清社会公众对热点问题的误解和指责，充分发挥了科技稿件"驳谬论、正视听"的积极作用，获得社会公众的好评。

记者手记：
羊小平砸缸

📧 作品信息

作品类型：三等奖·文字通讯
刊播单位：新华通讯社
报送单位：新华通讯社
主创人员：姜伟超
编　　辑：刘心惠、王迎春
作品字数：1 914 字
首发日期：2016 年 4 月 7 日

💻 作品简介

记者在调研中发现"山民"羊小平扶贫搬迁这一素材后，先后多次补充采访，充分发掘出羊小平一家命运变迁与我国扶贫攻坚时代背景的关系。通过一名"山民"的命运转折，展现出我国扶贫攻坚的时代画卷。

💬 获奖理由

文章把思想性、新闻性、故事性有机结合起来，是一篇靠脚力、眼力、脑力、笔力得来的佳作。通过温情的故事，折射出扶贫攻坚的宏大时代主题，让人们从一个农民的"砸缸"中，生动感受到精准扶贫带来的生机与希望。

📶 新媒体展示

使用手机扫描下方二维码，即可观看本条获奖作品的新媒体展示。

新能源汽车补贴摸底系列调查

作品信息

作品类型：三等奖·文字系列
刊播单位：《中国汽车报》
报送单位：行业报协会
主创人员：朱志宇、张忠岳、封华、王凌方、
万仁美、周到、杜娟
刊播版面：专刊23
作品字数：2 828字、2 445字、3 231字
首发日期：2016年5月30日—2016年11月7日

作品简介

2016年1月，工信部、财政部、科技部、发改委四部委在全国范围内展开新能源汽车补贴全面清查。自此，《中国汽车报》新能源汽车专刊由主编朱志宇牵头成立专门报道小组，陆续推出新能源汽车补贴摸底系列调查。

新媒体展示

使用手机扫描下方二维码，即可观看本条获奖作品的新媒体展示。

获奖理由

针对焦点问题和产业乱象，进行有建设性的舆论监督。多家车企、读者在看到报道后特意给编辑部打电话表示，报道反映了真实情况，传递了行业心声，揭露了行业问题。诸多门户、财经网站及相关行业协会的官网都对相关文章进行了转载。

"老新闻·新故事"《西藏日报》创刊60周年全媒体记者基层行

 作品信息

作品类型:三等奖·文字系列
刊播单位:《西藏日报》
报送单位:西藏自治区新闻工作者协会
主创人员:集体
刊播版面:要闻1版
作品字数:1 845字、1 840字、1 350字
首发日期:2016年4月20日—2016年6月13日

作品简介

面向全区74个县市区,精心选择60年来《西藏日报》曾经报道过的24个"老新闻"进行重访,挖掘、记录真实生动的"新故事",通过新旧对比的方式,全媒体、立体式展现了60年来西藏发展进步的光辉历程。

获奖理由

作品展现了60年来西藏发展进步的光辉历程,受到广泛好评并被新华网、人民网、搜狐网、《中国西藏》杂志等转发、转载;被评为2015—2016年度西藏自治区新闻奖系列一等奖。

 新媒体展示

使用手机扫描下方二维码,即可观看本条获奖作品的新媒体展示。

从"掌子面"到"流水线"

作品信息

作品类型:三等奖·文字系列
刊播单位:《工人日报》
报送单位:专业报初评委员会
主创人员:陈华、刘家伟、王金海、邓崎凡
刊播版面:要闻1
作品字数:1 692字、1 434字、1 491字
首发日期:2016年5月20日—2016年5月25日

作品简介

《工人日报》驻安徽记者站记者深入国有大型煤炭企业皖北煤电集团进行蹲点采访,关注地方党政与企业主体多渠道多方式稳妥安置职工的方式,从一个企业的转岗分流个案剖析入手反映了一个宏大的主题。

新媒体展示

使用手机扫描下方二维码,即可观看本条获奖作品的新媒体展示。

获奖理由

作品反映了一个宏大的主题,运用大量的新闻跳笔,每一个段落都短小精悍,却涵盖了巨大的信息量。采访中直接引语的大量使用以及采访场景的细腻描述都拉近了读者与现场的距离。

雄关漫道·纪念长征胜利80周年

作品信息

作品类型：三等奖·文字组合
刊播单位：《解放军报》
报送单位：军委政治工作部宣传局
主创人员：集体
刊播版面：1版或要闻版1、2、4
作品字数：2 964字、1 311字、1 584字
首发日期：2016年8月3日

作品简介

在纪念红军长征胜利80周年之际，解放军报社精心策划，组织记者采访分队重走长征路，推出"雄关漫道·纪念长征胜利80周年"系列报道。这组系列报道精选20个红军长征路上有重要影响的红色旧址和纪念地进行了实地采访。

获奖理由

这组系列报道以"重走长征路"为载体，以"不忘初心再出发"为主题，思想性与新闻性兼具、历史性与当代性并联，以广阔的视野、沉甸甸的厚度，成为军队系统纪念长征胜利80周年宣传报道的一个亮点。

新媒体展示

使用手机扫描下方二维码，即可观看本条获奖作品的新媒体展示。

"潮河情·滦水行"京津冀三地媒体大型联合采访系列报道

作品信息

作品类型：三等奖·文字系列
刊播单位：《承德晚报》
报送单位：河北省新闻工作者协会
主创人员：集体
刊播版面：现场报道 1,2
作品字数：960 字、2 464 字、2 694 字
首发日期：2016 年 7 月 6 日－2016 年 7 月 13 日

作品简介

这组系列报道题材重大，影响力强。报道体裁多样，灵活运用了消息、通讯、评论等多种新闻写作手法，以讲故事的形式，捕捉了许多生动感人的细节，大量运用极富现场感的镜头式语言，文字简洁明快，具有鲜明的晚报特色。

新媒体展示

使用手机扫描下方二维码，即可观看本条获奖作品的新媒体展示。

获奖理由

成为京津冀水源涵养功能区，是国家战略。在推进这一重大战略进程中，记者以高度的责任感和使命感深入"两河"一线，再现了京津冀协同发展中的绿色奇迹和"两河"沿岸人民践行"中国梦"的时代精神。

权威太原地图竟然错误百出

作品信息

作品类型：三等奖·文字连续
刊播单位：《太原晚报》
报送单位：山西省新闻工作者协会
主创人员：武俊林、韩睿
刊播版面：深度/报道，热线/新闻 04、05、07
作品字数：2 335 字、831 字、897 字
首发日期：2016 年 8 月 12 日－2016 年 11 月 23 日

作品简介

由国内最具权威性的地图出版社——中国地图出版社出版发行，新华书店经销的《太原 CITY 城市地图》竟然出现了多处低级错误。经读者报料，《太原晚报》记者对此展开追踪调查。面对问题，中国地图出版社两次道歉并兑现承诺完成整改。

获奖理由

地图是非常严谨严肃的出版物。该连续报道作品紧紧围绕国内权威地图出版社出版发行的问题地图展开调查追踪，促使中国地图出版社道歉、停售问题地图、整改和重新编制地图。从第一篇发现问题到最后一篇完满解决，时间跨度 3 个多月。这是一个地方小报给国家级权威出版社纠错的故事，是一组主题鲜明、结构完整、报道全面、有深度的好作品。

新媒体展示

使用手机扫描下方二维码，即可观看本条获奖作品的新媒体展示。

"五大任务"之内蒙古年终盘点篇

✉ 作品信息

作品类型:三等奖·文字系列
刊播单位:《内蒙古日报》
报送单位:内蒙古自治区新闻工作者协会
主创人员:许晓岚、杨帆、王连英、李永桃、
　　　　冯雪玉、阿妮尔、梁亮
刊播版面:1版
作品字数:1 765字、1 797字、1 640字
首发日期:2016年12月22日—2016年12月27日

🖵 作品简介

这组报道紧扣国家和自治区经济发展主线,切中当前经济工作的重中之重。每篇稿件从材料取舍、事例选用、深度延伸及标题制作等方面进行了彰显个性的精心打造。此组报道共五篇,本次参评选出第一、三、四篇作为代表。

📶 新媒体展示

使用手机扫描下方二维码,即可观看本条获奖作品的新媒体展示。

💬 获奖理由

这组报道紧扣时代脉搏,主题策划精准,内容立意高远,全面展示了内蒙古自治区推进供给侧结构性改革的新思路、新举措、新成效。

"亲子连线·这一年"系列报道

作品信息

作品类型:三等奖·文字系列
刊播单位:《农民日报》
报送单位:个人
主创人员:集体
刊播版面:要闻版1、4
作品字数:1 199字、1 187字、1 251字
首发日期:2016年1月23日—2016年2月5日

作品简介

2016年春节,《农民日报》组织策划了"亲子连线·这一年"专题系列报道,在春节返乡团圆之际,关注留守儿童和农民工群体,向读者展现新时期他们的亲情故事。1月23日至2月5日,《农民日报》刊发了12篇有血有肉、引人深思的报道。

获奖理由

该组系列报道中的12篇稿件各个见得着人物、读得到细节,有血有肉,简朴却真挚。这组报道以温情细腻的笔触、客观积极的视角,折射着转型期人们生活的变迁,传达了基层百姓的真实诉求,反映了广大农村留守儿童的真实现状。

新媒体展示

使用手机扫描下方二维码,即可观看本条获奖作品的新媒体展示。

12月22日《深圳特区报》国际新闻A14版

作品信息

作品类型：三等奖·报纸版面
刊播单位：《深圳特区报》
报送单位：中国新闻漫画研究会
主创人员：曾文经、吴向阳、焦子宇
刊播版面：国际新闻A14
首发日期：2016年12月22日

作品简介

《深圳特区报》2016年末推出"国际时局盘点"版。该版包含重要事件、突出节点、发展方向等内容，细分为主稿、时间轴、新闻看点以及展望四大板块，配以富于视觉冲击力的图片，将整个事件生动地呈现在读者面前。

新媒体展示

使用手机扫描下方二维码，即可观看本条获奖作品的新媒体展示。

获奖理由

《深圳特区报》在年末推出了"国际时局盘点"版，生动勾勒了当年的国际重大事件及其走向。版式新颖别致，视觉冲击力较大，内容把握准确，有一定深度。排版思路清晰，便于读者阅读，有较高水准。

9月16日《经济日报》要闻1版

作品信息

作品类型:三等奖·报纸版面
刊播单位:《经济日报》
报送单位:中国新闻漫画研究会
主创人员:刘志奇、代明
刊播版面:要闻1
首发日期:2016年9月16日

作品简介

"天宫二号"成功发射之际,本报在头版头条突出处理,综合运用了消息、通讯、特写等题材,配合图片、图表,充分报道了这一重大消息。同时本报新媒体也在两微一端充分配合,多个舆论场同时发力,宣传效果良好。

获奖理由

"天宫二号"成功发射,全国报纸都会不惜版面,浓墨重彩。《经济日报》这个版面的精彩之处在于,内容上3条稿件全是自采稿,且消息、通讯、特写搭配,多角度解读,引人入胜;版式时尚、清新大气,富有动感。

新媒体展示

使用手机扫描下方二维码,即可观看本条获奖作品的新媒体展示。

3月6日《新华每日电讯》两会特刊6-7版

✉ 作品信息

作品类型:三等奖·报纸版面
刊播单位:《新华每日电讯》
报送单位:中国新闻漫画研究会
主创人员:刘学奎、张超
刊播版面:两会特刊6-7
首发日期:2016年3月6日

💻 作品简介

这个版面是新华每日电讯在2016年"两会"期间推出的解读性版面。在前期策划上,提高重要信息阅读效率;在谋篇布局上,通过对称式结构形成整体形象;在内容编辑上,保证了重要信息的突出展示,同时也突出了报刊新闻的思想性。

📶 新媒体展示

使用手机扫描下方二维码,即可观看本条获奖作品的新媒体展示。

💬 获奖理由

该版可视性强,信息量大,服务性强,将大量图表整合于一版之中,内容丰富而又安排井然,不杂乱。体现了严肃新闻的贴近性与报道力。

明星婚礼，别办成消费"封神榜"

✉ 作品信息

作品类型：三等奖·报纸副刊
刊播单位：《人民日报》
报送单位：中国报纸副刊研究会
主创人员：任艺萍（董阳）
编　　辑：刘琼、徐馨
刊播版面：文艺评论 14
首发日期：2016 年 8 月 30 日

💻 作品简介

针对明星奢侈婚礼频频引发舆论爆点的现象，任艺萍文章不诉诸简单粗暴的道德谴责，而是与可能出现的反面观点深入对话，说理充分，议论周全，气象一新。文章见报后，得到了各界读者、网友的支持和赞同。

💬 获奖理由

本文针对明星奢侈婚礼频频引发舆论爆点的现象展开论述，观点鲜明，说理充分，议论持正周全，及时引导社会舆论，融合传播效果很好，是彰显主流文艺态度的优秀作品。

📶 新媒体展示

使用手机扫描下方二维码，即可观看本条获奖作品的新媒体展示。

《百鸟朝凤》：校准中国电影发展方向

作品信息

作品类型：三等奖·报纸副刊
刊播单位：《光明日报》
报送单位：中国报纸副刊研究会
主创人员：赵凤兰
编　　辑：李蕾、牛梦笛
刊播版面：文艺评论周刊·影视评论 14
首发日期：2016 年 6 月 20 日

作品简介

文章认为，《百鸟朝凤》所折射的，是艺术的虔诚敬仰者和对金钱的顶礼膜拜者之间的信仰冲突。文章呼吁社会各界关注这种严肃电影创作、发行、上映的难题，督促电影人思考在市场经济环境下电影人应该如何自处的问题。

新媒体展示

使用手机扫描下方二维码，即可观看本条获奖作品的新媒体展示。

获奖理由

此文满含深情地讴歌了对优秀传统文化的虔敬之心，也犀利地揭示了当前时代浮躁的社会风习对艺术创作的残害，深入思考了艺术家在今天应如何坚守艺术理想、如何重新校准中国电影的发展方向等重大问题，具有强烈的启发意义。

中国新闻奖

广播类·一等奖

惊心动魄160分钟
——首次揭秘"长五"推迟发射

作品信息

作品类型：一等奖·广播消息
刊播单位：中央人民广播电台
报送单位：中国广播电影电视社会组织联合会
主创人员：张棉棉、丁飞、马喆、吴媚苗
作品时长：4分27秒
刊播栏目：中国之声央广新闻－晚高峰
首发日期：2016年11月4日

作品简介

这则报道呈现了中国最大推力运载火箭"长征五号"发射前多次推迟、一波三折的全过程。在火箭发射成功后，记者第一时间采访到了两位直接参与发射的专家，解答了"长五"推迟发射的真实原因，时效性强，权威又解渴，将谣言扼杀在摇篮中。

获奖理由

采访录音独家，专家权威，发挥了中央媒体优势——引导舆论、斧正视听。作品既具有极强的新闻时效性，又厘清了真相，体现了中央媒体在主题报道中不可或缺的地位，彰显了中国航天人在关键时刻挺得住、能力强的航天精神。

新媒体展示

使用手机扫描下方二维码，即可观看本条获奖作品的新媒体展示。

速度与激情:"中国标准"动车组成功通过时速 420 公里高速交会试验

✉ 作品信息

作品类型:一等奖·广播消息
刊播单位:中国国际广播电台
报送单位:马松林
主创人员:蒋凯香、马松林、殷洁
作品时长:3 分 58 秒
刊播栏目:华语环球广播中心《全景中国》
首发日期:2016 年 7 月 15 日

作品简介

2016 年 7 月 15 日,两列由中国自行设计研制、全面拥有自主知识产权的中国标准动车组实现了一次历史性的会车,这也是世界上首次在实际运行轨道上进行的高速列车会车试验,标志着我国已掌握高速铁路核心技术,更向世界证明了中国具备设计制造满足世界各国不同需求动车组的能力。

新媒体展示

使用手机扫描下方二维码,即可观看本条获奖作品的新媒体展示。

获奖理由

该篇新闻见证了中国标准动车组历史性的一刻,意义重大,其可听性较强、现场感十足,具备一定的代入感。报道以数据为基础,事实还原客观、准确,并对中国高速铁路的技术发展和演变做了逻辑性梳理,结构紧凑,内容扎实。

以供给侧改革破解老工业基地"双重转型"之困

📧 作品信息

作品类型：一等奖·广播评论
刊播单位：黑龙江广播电视台
报送单位：黑龙江省新闻工作者协会
主创人员：牟维宁、高祥、张立波、任季玮
作品时长：14分
刊播栏目：新闻广播《早餐前后》
首发日期：2016年12月28日

作品简介

本篇评论作品通过对东北最大煤炭企业——黑龙江龙煤集团发展困局的透视分析，深入探讨了国企改革及老工业基地转型发展的焦点话题。报道紧扣当下经济社会发展脉搏，理性记录了对改革发展进程的观察与思考。

获奖理由

本篇作品以高度的社会责任感和敏锐的经济洞察力，对地方去产能过程中面临的主要难题给予了深切关注，透过龙煤集团脱困发展的具体实践，探索传统国企与资源型地区走出"双重转型"之困的有效路径。整篇评论主题重大、立意深远、分析透彻、发人深省。

新媒体展示

使用手机扫描下方二维码，即可观看本条获奖作品的新媒体展示。

内蒙古首例保护草原行政公益诉讼案
——开启我区草原保护新篇章

📧 作品信息

作品类型:一等奖·广播专题
刊播单位:内蒙古广播电视台
报送单位:内蒙古自治区新闻工作者协会
主创人员:常俊青、王莎、赵殿辉、梁军、额尔德尼
作品时长:16分58秒
刊播栏目:新闻综合广播《法治直播间》
首发日期:2016年11月23日

💻 作品简介

内蒙古自治区首例保护草原的行政公益诉讼案使检察机关、草原监督管理部门、政府三个权力机关对簿公堂。为此,内蒙古广播电视台特别策划此次节目,采访了自治区人民检察院行政公益诉讼负责人、自治区草原监督管理局负责人,就行政公益诉讼给环境保护、草原生态植被恢复带来的希望,对职能部门提出的高要求开展了深度交流。

📶 新媒体展示

使用手机扫描下方二维码,即可观看本条获奖作品的新媒体展示。

💬 获奖理由

本文展示了中共十八届四中全会依法治国方略在保护环境方面取得的全新进展。主题重大,突出了行政公益诉讼在内蒙古自治区试点推行的积极作用和地方特色,社会影响深远,是一篇优秀的新闻专题作品。

"神舟""天宫"完美对接背后的"吉林科技元素"

作品信息

作品类型：一等奖·广播系列报道
刊播单位：吉林人民广播电台
报送单位：吉林省新闻工作者协会
主创人员：姜新、于显志、张若鹏、张文汇、
　　　　　张昊鹏、李佳星
作品时长：4分27秒
刊播栏目：长春地区FM91.6 738早新闻
首发日期：2016年11月6日－2016年11月8日

作品简介

2016年10月19日，神舟十一号飞船与天宫二号成功实施自动交会对接。记者第一时间走近长春光机所的两个科研团队，揭秘研发背后的故事。

获奖理由

这组作品题材重大，记者采访深入细致，语言精练、鲜活，采访对象生动的表述极大地提升了作品的现场感和说服力，充分展示了广播"以声音还原画面"的媒体特质，极具感染力和可听性。

新媒体展示

使用手机扫描下方二维码，即可观看本条获奖作品的新媒体展示。

"新愚公"李保国

作品信息

作品类型:一等奖·广播访谈
刊播单位:河北广播电视台
报送单位:中国广播电影电视社会组织联合会
主创人员:集体
作品时长:24分17秒
刊播栏目:《新闻1043》
首发日期:2016年12月31日

河北广播电视台

作品简介

本期访谈采用行进式,从保定李保国的家,到越野车上,再到帮扶基地,对李保国的爱人郭素萍、内丘县岗底村党总支书记杨双牛、岗底村村委会副主任杨双奎进行访谈,全面展现了"新愚公"李保国究竟是一个什么样的人,到底是什么力量支撑着他35年如一日地扎根太行。

新媒体展示

使用手机扫描下方二维码,即可观看本条获奖作品的新媒体展示。

获奖理由

作品紧扣脱贫攻坚、社会主义核心价值观两大主题,主题突出、时代性强、策划到位,精心制作,突破了以往访谈节目大都是主持人与嘉宾在一个固定空间内对话的传统模式。主持人提问转承自然,访谈节奏把握得当。

泰宁泥石流紧急救援

作品信息

作品类型：一等奖·广播直播
刊播单位：福建省广播影视集团
报送单位：中国广播电影电视社会组织联合会
主创人员：阮怡、冯媛媛、李泰曦、开哲、宁水蓉、
　　　　　李宗涛、诸葛仲、吕昱洋
作品时长：29分19秒
刊播栏目：《1036新闻现场》
首发日期：2016年5月8日

作品简介

2016年5月8日，三明市泰宁县开善乡发生山体滑坡，造成池潭水电厂1座办公楼被冲垮，1座项目工地住宿工棚被埋压。当天早上一得知消息，福建新闻广播一边派出记者奔赴现场，一边先联系地方台记者和消防救援力量及时报道救援情况。

获奖理由

泰宁发生泥石流灾害后，福建新闻广播快速反应，第一时间组织融合新媒体的现场直播，实现了主流广播媒体重大突发事件通过门户网站进行视频直播，吸引了超过33万受众观看。

新媒体展示

使用手机扫描下方二维码，即可观看本条获奖作品的新媒体展示。

10月17日《东广早新闻》

作品信息

作品类型：一等奖·广播编排
刊播单位：上海广播电视台
报送单位：中国广播电影电视社会组织
　　　　　联合会
主创人员：集体
作品时长：58分29秒
刊播栏目：《东广早新闻》
首发日期：2016年10月17日

作品简介

神舟十一号载人飞船于2016年10月17日上午7点30分发射，东广新闻台《东广早新闻》栏目打破常规的版面安排，以广播声音传播的特点，通过直播全景呈现神舟飞船发射前后动人心魄的现场声音实况，让人如身临其境。

新媒体展示

使用手机扫描下方二维码，即可观看本条获奖作品的新媒体展示。

获奖理由

现场实况直播与深度解读评论的结合。在早新闻时段大段采用专家现场评论，这在上海新闻广播史上也是首例。新闻现场主线与新闻延伸副线的结合。该档节目在报道神舟十一号发射时视野开阔，多元组合，点面得当，具有丰富的人文意味。

中国新闻奖

广播类·二等奖

工业废料改良盐碱地技术施用获成功
新疆亿亩盐碱地有望变良田

作品信息

作品类型：二等奖·广播消息
刊播单位：石河子人民广播电台
报送单位：新疆生产建设兵团新闻工作者协会
主创人员：宗晓莉、杨柳
作品时长：2分32秒
刊播栏目：石河子人民广播电台经济广播《石河子新闻》
首发日期：2016年10月1日

作品简介

2016年4月,国务院颁发《土壤污染行动治理计划》,决定从2017年开始运用"电厂脱硫石膏对新疆盐碱土壤改良效果及土壤肥料技术"在新疆建立脱硫石膏改良盐碱地示范点。记者在此技术大面积施用获成功后及时跟进采访、报道了这一重要新闻。

获奖理由

记者在试验田采收当天采访了参与试种的农户和实验室负责人,及时报道了这一重要消息。新闻播出后引起社会广泛关注,各地农业技术部门和承包大户纷纷打来电话咨询,希望这项技术能尽快应用于农业生产,让盐碱地变良田。

新媒体展示

使用手机扫描下方二维码,即可观看本条获奖作品的新媒体展示。

钢铁侠创造新奇迹

作品信息

作品类型：二等奖·广播消息
刊播单位：青海广播电视台
报送单位：青海省新闻工作者协会
主创人员：王越、李静、陈志强、朱春媛
作品时长：3分24秒
刊播栏目：经济广播《京广第一线》
首发日期：2016年12月16日

作品简介

青海康泰铸锻机械有限责任公司筹资10亿元研制成功的6.8万吨多功能压机，打破了国外的长期垄断，为提高国家机械装备制造业水平奠定了基础。记者经过多年的跟踪采访，掌握了第一手资料，并在公司成功压制出第一个燃气涡轮盘的时间节点上采制播发了这篇报道。

新媒体展示

使用手机扫描下方二维码，即可观看本条获奖作品的新媒体展示。

获奖理由

报道高度契合中央精神，采访扎实，主题鲜明，选题厚重，具有很强的新闻性、可听性和广播特色。作品播出和在微信公共平台传播后，转发和阅读量不断增加，引发社会广泛关注，形成凝聚和激发民族精神的舆论新高地。

"中蒙俄国际道路货运试运行活动"在天津港启动

作品信息

作品类型:二等奖·广播消息
刊播单位:天津广播电视台
报送单位:天津市新闻工作者协会
主创人员:王潇颐
作品时长:3分21秒
刊播栏目:交通广播 FM106.8
《新闻早班车》
首发日期:2016年8月19日

作品简介

8月18日,中蒙俄三国车队从天津港出发,沿亚洲公路网3号公路,一路向北经蒙古最终到达俄罗斯,全程2 152公里。这一通道的打通也是"一带一路"倡议在交通运输领域的全新尝试。

获奖理由

稿件通过深入细致的采访,记录了发车现场的盛况,并阐述了这一货运通道打通之后对三国贸易的推动作用。稿件主题重大、突出,提炼得当,录音丰富、生动,现场感强,文字表述逻辑清晰。

新媒体展示

使用手机扫描下方二维码,即可观看本条获奖作品的新媒体展示。

"罗尔捐款门",到底谁更受伤

📧 作品信息

作品类型:二等奖·广播评论
刊播单位:广东广播电视台
报送单位:广东省新闻工作者协会
主创人员:陈红艳、陈凯
作品时长:11 分 5 秒
刊播栏目:91.4 广东新闻广播
　　　　　《今日观察》
首发日期:2016 年 12 月 5 日

💻 作品简介

深圳"罗尔捐款门"是 2016 年互联网领域公众影响力最大的事件之一。该事件从发生到发酵仅仅两天的时间,11 月 30 日,记者就敏锐地发现这是一个新闻评论的好题材,并在次日推出了评论,紧密追踪和观察事件的进展,并在事件基本平息后进行更深层次的探讨。

📶 新媒体展示

使用手机扫描下方二维码,即可观看本条获奖作品的新媒体展示。

💬 获奖理由

这篇新闻述评从三个层面对整个事件进行了反思,即"如果没有公开透明的信息支撑,没有专业的互联网募捐平台,没有对待慈善更加理性的态度,罗尔事件将不会画上句号"。整体述评观点清晰,逻辑结构严谨,说理论证充分有力。

脱贫攻坚
摆不得半点"花架子"

作品信息

作品类型：二等奖·广播评论
刊播单位：中央人民广播电台
报送单位：中国广播电影电视社会组织
　　　　　联合会
主创人员：康维佳
作品时长：2分49秒
刊播栏目：中国之声《新闻和报纸摘要》
首发日期：2016年6月22日

作品简介

这篇评论的主创人员常年在基层采访，扎根基层沃土。评论素材依据第一手所见、最基层所思。作者计划就此事做文章已有一年多时间，经过积累，吃透了基层和中央精神"两头"，着眼于脱贫工作中的问题导向，用一篇评论传达精神。

获奖理由

该评论抓住了"脱贫攻坚"的大主题，引用的事例鲜活、生动，体现了广播的语言特点，文字简练，但逻辑层次清晰，刊播后引发了社会关注，多家主流媒体网站进行了转载，通过新媒体传播后也引发了大量的转发和跟帖互动。

新媒体展示

使用手机扫描下方二维码，即可观看本条获奖作品的新媒体展示。

简单点、复杂点，一切当以群众利益为出发点

作品信息

作品类型：二等奖·广播评论
刊播单位：上海广播电视台
报送单位：上海市新闻工作者协会
主创人员：张怡、孙向彤、孟诚洁
作品时长：6分22秒
刊播栏目：990新闻频率《新闻编辑室》
首发日期：2016年8月5日

作品简介

7月至8月，上海电台开通"夏令热线"节目，16位区长轮流坐镇直播室，现场指挥下属职能部门解决群众"急难愁"问题。然而其中，也不乏个别党员干部"假作为、真作秀"，只图表面文章做漂亮，不把群众利益放心上。通过深入调查，记者揭露了种种"套路"背后的"隐性不作为"现象，且评论没有止于批评，而是进一步给出正面范例，引发深入思考，弘扬清风正气。

新媒体展示

使用手机扫描下方二维码，即可观看本条获奖作品的新媒体展示。

获奖理由

该评论作为民生题材，不落窠臼、不流于说教，鞭辟入里，发人深省。内容上，该评论贴近实际、贴近生活、贴近群众；思想性上，透过现象看本质，具备较高的政策水平和新闻素养；艺术性上，文风清新、构思精巧、逻辑缜密、视角独到，擅长以细节刻画场景、用事实说明道理。

医改"手术刀"该动向哪里？

作品信息

作品类型：二等奖·广播专题
刊播单位：邵阳广播电视台
报送单位：湖南省新闻工作者协会
主创人员：刘艳美、阮明湘、周韵、滕凌
作品时长：15分54秒
刊播栏目：交通频道《新闻追问》
首发日期：2016年8月22日

作品简介

记者持续跟踪报道湖南省邵阳市医改工作时发现，当地武冈市敢为人先，积极探索创新，克服"人多财政收入少"的困难，用市场化的方法建立了家庭与医生签约制度，蹚出了一条基层医改之路。记者在武冈集中采访近10天，深入到老百姓当中倾听他们的心声。

获奖理由

该专题报道紧紧抓住中国医疗体制改革这一时代课题，为全面深化改革提供了鲜活的基层首创案例，为推动改革顶层设计和基层探索良性互动营造了良好的舆论氛围。作品采访扎实，录音丰富，报道质量高，社会反响好。

新媒体展示

使用手机扫描下方二维码，即可观看本条获奖作品的新媒体展示。

三进五台沟

作品信息

作品类型：二等奖·广播专题
刊播单位：辽宁广播电视台
报送单位：辽宁省新闻工作者协会
主创人员：那其灼、唐佳菲、房磊、陈曦
作品时长：24 分 41 秒
刊播栏目：辽宁之声 FM102.9
　　　　　《新闻大视野》
首发日期：2016 年 12 月 31 日

作品简介

作品主题重大，紧扣习近平总书记对扶贫工作提出的"扶贫先扶志""扶贫必扶智"以及"精准扶贫"的重要论述，用质朴的语言、真实的细节，生动报道了驻村干部李红冈在五台沟村驻村扶贫的过程，以及这个东北山村所经历的蜕变。

新媒体展示

使用手机扫描下方二维码，即可观看本条获奖作品的新媒体展示。

获奖理由

作品跳出传统典型报道的固有模式，不只报道这个贫困村的发展和变化，也直面这里的问题和不足，创造性地使用"广播纪录片"的形式，结构精巧，音响生动，用富有乡土气息的语言讲述农村的故事，是深入贯彻"走、转、改"要求的精品。

"百鸟朝凤",
哀曲还是新生?

作品信息

作品类型:二等奖·广播专题
刊播单位:重庆广播电视集团(总台)
报送单位:重庆市新闻工作者协会
主创人员:孙爽(播音名:大爽)
作品时长:23分22秒
刊播栏目:都市广播《麻辣串串香》
首发日期:2016年6月3日

作品简介

创作者以电影《百鸟朝凤》制片人下跪事件为切入点,在剖析事件的同时,层层推进到更深入的"非物质文化遗产传承"问题,结合重庆本地情况,分析了不同非遗文化传承所面临的现实处境,结合成功与失败的案例,提出新的观点与操作建议。

获奖理由

作品探讨了文化的传承、文化遗产的保护问题,以及每个专业从业者所面临的选择。匠人所面临的困扰,其实在各个行业均有体现,节目播出后引发更多的思辨与讨论。创作者双重叙事、点面结合的手法,展示了广播创作的可塑性,凸显了音频作品的立体感。

新媒体展示

使用手机扫描下方二维码,即可观看本条获奖作品的新媒体展示。

我的东北我的家

作品信息

作品类型：二等奖·广播系列
刊播单位：中央人民广播电台
报送单位：中国广播电影电视社会组织联合会
主创人员：集体
作品时长：8分25秒
刊播栏目：经济之声《天下财经》
首发日期：2016年12月12日—2016年12月26日

作品简介

这组报道从普通人的视角讲述家国情怀，从感性的维度思考经济现象，温暖感人、以情动人，既直面问题，又传递希望，为国家振兴东北战略的实施营造了积极的舆论氛围，体现了主流媒体的担当。该作品充分发挥声音优势，形成独特的听觉美感，并积极创新生产方式和传播手段，各界反响热烈，取得了良好效果。

新媒体展示

使用手机扫描下方二维码，即可观看本条获奖作品的新媒体展示。

获奖理由

该节目在表现角度和手法方面推陈出新，将沉重、严肃、压抑的"东北现象"问题，转换成一个有温度、有亲和力的话题，于娓娓道来中凝聚人心，激发热爱东北、振兴东北的正能量，达到了"成风化人，凝心聚力"的宣传效果。

"行政之手"拦下营业执照

作品信息

作品类型：二等奖·广播系列
刊播单位：广西人民广播电台
报送单位：广西新闻工作者协会
主创人员：梁泰、王达
作品时长：4分15秒
刊播栏目：综合广播《新闻时刻早高峰》
首发日期：2016年5月31日—2016年6月20日

作品简介

作品对适用法律法规文件征询律师意见，一字一句有理有据，给足时间让当地责任部门处理，保障了报道的权威性、引导力，及时反映出当前国内基层政府法律顾问制度、重大行政决策制度落实情况，为地方政府践行依法行政理念、构建新型政商关系提供了思路。

获奖理由

该报道是对中央有关决策部署的一次"宣传与检验"。作者运用"行进式"报道手法，推进广播与网络共同传播，形成了较大的监督合力。整组报道采访方式得当，报道策略有效，为地方和中央进一步深化改革提供了参考，实现了舆论监督和正面宣传的统一。

新媒体展示

使用手机扫描下方二维码，即可观看本条获奖作品的新媒体展示。

专访"陈满案"平反推动者程世蓉
——一棵稻草的力量

作品信息

作品类型:二等奖·广播访谈
刊播单位:北京人民广播电台
报送单位:中国广播电影电视社会组织联合会
主创人员:李锐
作品时长:31分38秒
刊播栏目:《新闻天天谈》
首发日期:2016年4月24日

作品简介

2016年,入狱23年的陈满冤案平反,引发社会广泛关注。陈满是目前我国已知被关押时间最长的蒙冤者。陈满冤案平反,成为中国法治进步的一座里程碑。本期节目的作者通过采访陈满案平反推动者程世蓉、陈满和他的家人,以及陈满案的律师,还原了案件平反的历程。

新媒体展示

使用手机扫描下方二维码,即可观看本条获奖作品的新媒体展示。

获奖理由

节目题材较热,陈满案平反是2016年一个著名的司法案件,影响广泛,关注度高;节目视角独特,选取了一直关注此案、参与此案的一位普通老人作为访谈对象,听众接受度高;访谈有趣味,有起伏,有悬念,有冲突,可听性强。

醍醐：让西藏艺术和藏式美学走出高海拔藏区

✉ 作品信息

作品类型：二等奖·广播访谈
刊播单位：西藏人民广播电台
报送单位：中国广播电影电视社会组织联合会
主创人员：高广重、邬雨瞳、罗华、刘晓地、徐文珍
作品时长：60分
刊播栏目：汉语广播《新闻下午茶》
首发日期：2016年9月23日

💻 作品简介

节目谈及西藏文化内涵，进而谈到了文化衍生品，以西藏文化、藏族美学走出高海拔地区为落脚点，从藏毯厂的落寞和复苏，以及藏毯背后承载的温度和文化价值展开讨论。

◎ 获奖理由

该访谈结合第三届中国西藏国际博览会的专题论坛，探讨了西藏艺术和藏族文化如何走出高海拔藏区。该访谈以藏毯厂的落寞和复苏，以及藏毯背后承载的温度和文化价值展开讨论，切口具体，内容丰富，具有一定的深度和新意。

📶 新媒体展示

使用手机扫描下方二维码，即可观看本条获奖作品的新媒体展示。

好花为何这样红

作品信息

作品类型：二等奖·广播直播
刊播单位：贵州广播电视台
报送单位：中国广播电影电视社会组织
　　　　　联合会
主创人员：侯莹、李盼盼、王龙鑫
作品时长：54分41秒
刊播栏目：综合广播《特别直播》
首发日期：2016年8月30日

作品简介

这是一场对布依族传统成人礼的现场直播，通过布依族长老带领布依青年诵读古歌《刺梨花》、布依妇女为年满18岁的女儿包头帕等环节的直播，向受众展示了一个民族地区小山村里浓厚的少数民族文化氛围和惠水县长安布依人世世代代对"真、善、美"的质朴追求。

新媒体展示

使用手机扫描下方二维码，即可观看本条获奖作品的新媒体展示。

获奖理由

本作品选题新颖、音响典型、构思巧妙。直播不只停留在对仪式的现场解说上，还邀请专家作为嘉宾对每个环节进行点评，对布依族文化进行介绍。作品创意好、形式活，并进行了融媒体表达，互动性很强。

12月20日《全国新闻联播》

作品信息

作品类型：二等奖·广播编排
刊播单位：中央人民广播电台
报送单位：中国广播电影电视社会组织
　　　　　联合会
主创人员：集体
作品时长：28分55秒
播出频率：中国之声
首发日期：2016年12月20日

作品简介

《全国新闻联播》是中央人民广播电台的一档重点新闻栏目，一直享有很高的收听率和美誉度。节目始创于1951年5月1日。节目定位是：权威、及时、准确，全视野汇总、梳理全天国内外新闻。本期节目具有较强的代表性：内容饱满，题材丰富；张弛有序，逻辑性强；简洁明快，引人入胜。

获奖理由

这是一期重点突出、主题鲜明、信息量大、非常规范的新闻节目。这期节目重点突出，令人印象深刻；整个节目清晰的板块结构符合听觉习惯；信息量丰富，社会关注点较多；语言精当，条与条之间、板块与板块之间过渡自然顺畅，符合听觉特点。

新媒体展示

使用手机扫描下方二维码，即可观看本条获奖作品的新媒体展示。

中国新闻奖

广播类·三等奖

重温初心再出发

作品信息

作品类型：三等奖·广播消息
刊播单位：辽宁广播电视台
报送单位：辽宁省新闻工作者协会
主创人员：唐佳菲、邸玉玲、那其灼
刊播栏目：辽宁之声 FM102.9
《新闻大视野》
首发日期：2016年11月27日

作品简介

在廉政谈话教育学习班上，记者敏锐地抓住一份特殊学习材料——学员当年入党志愿书的彩色影印本，从这一切入点着手，记录下采访对象对当年入党情形的回忆。

获奖理由

作品音响使用生动，特色突出，特别是采访对象因为"贪玩五分钟"而被延后入党的细节，使报道更具贴近性和感染力。作品针对当前的热点难点问题，找到合适的新闻切入点，采访到有分量的对象，写出有深度的时政报道，难能可贵。

新媒体展示

使用手机扫描下方二维码，即可观看本条获奖作品的新媒体展示。

北京现代沧州工厂首车下线

作品信息

作品类型:三等奖·广播消息
刊播单位:沧州广播电视台
报送单位:河北省新闻工作者协会
主创人员:吴思妤、王凌艳、高茜、徐炜昀
刊播栏目:沧州新闻频率《沧州晚高峰》
首发日期:2016年11月27日

作品简介

北京现代沧州工厂最终落户沧州后,记者持续关注这一事件的进展,提前谋划,搜集资料,寻找采访对象,最终抓住北京现代沧州工厂首车下线的新闻点,报道沧州努力打造"汽车城",实现产业转型升级。

新媒体展示

使用手机扫描下方二维码,即可观看本条获奖作品的新媒体展示。

获奖理由

作品主题重大,紧扣国家京津冀协同发展战略和北京功能疏解大背景。事件典型,北京现代沧州工厂对促进京津冀协同发展走上更快、更高的水平具有典型意义。时效性强,音响丰富,采访到位。

芙蓉社区废弃自行车变"帮帮快车"

作品信息

作品类型：三等奖·广播消息
刊播单位：长沙人民广播电台
报送单位：湖南省新闻工作者协会
主创人员：雷艳飞、黄春元
刊播栏目：FM105.0105快报
首发日期：2016年5月19日

作品简介

2016年党中央决定，在全体党员中开展"两学一做"学习教育，使广大党员进一步增强"四个意识"。记者敏锐捕捉到了芙蓉社区组建"党员帮帮快车"服务社区群众这一新闻线索，精心采制了这条新闻。

获奖理由

这是一篇充分体现广播特色的消息，音响运用巧妙，现场感强；主题重大，本土落地，社会反响良好。

新媒体展示

使用手机扫描下方二维码，即可观看本条获奖作品的新媒体展示。

中国最高法院宣判"乔丹"商标争议案
损害姓名权的3件"乔丹"商标应予撤销

✉ 作品信息

作品类型:三等奖·广播消息
刊播单位:中国国际广播电台
报送单位:中国广播电影电视社会组织
　　　　　联合会
主创人员:乔全兴、台林珍、何凌飞
刊播栏目:华语环球广播《直播中国》
首发日期:2016年12月8日

💻 作品简介

2016年12月8日,中国最高人民法院进行公开宣判,认定乔丹公司的3件中文"乔丹"商标应予撤销。该案件不仅关注度高,而且案情纷繁复杂,尤其是在经过一审、二审判决之后,很多人将该案视为中国如何对待知识产权司法保护的风向标。

📶 新媒体展示

使用手机扫描下方二维码,即可观看本条获奖作品的新媒体展示。

💬 获奖理由

时效性强,审理刚结束,记者就率先通过多媒体平台发出最新消息;内容简洁明了,有效信息量大,在较短的新闻消息中涵盖了丰富的有效信息,及时回应了外界关切;传播效果良好,国内外媒体纷纷转载该消息。

包容开放
——共享单车的成都表达

作品信息

作品类型:三等奖·广播评论
刊播单位:成都市广播电视台
报送单位:四川省新闻工作者协会
主创人员:孙静、詹伟、石建蓉、许宁
刊播栏目:交通文艺频率《城市纵贯线》
首发日期:2016年12月27日

作品简介

记者多次深入调查,从社会关注的热点事件切入,采访了成都市政府相关管理部门、省内外的专家和学者,并和多家单车公司的负责人交流,搜集大量素材,广集多方声音。此评论向外界明确传递了政府面对共享单车这一新生事物所持的开放包容的执政理念,展示了政府在互联网时代的管理智慧,凸显了主流媒体积极引导舆论的社会责任。

获奖理由

评论从大时代、大事件背景下的民生问题切口入手,关注及时,落地快捷;调查全面,手法娴熟;评论鲜明,导向准确,是一篇非常难得的广播新闻评论佳作。

新媒体展示

使用手机扫描下方二维码,即可观看本条获奖作品的新媒体展示。

"拾金索酬"的情与理

作品信息

作品类型:三等奖·广播评论
刊播单位:吉林市广播电视台
报送单位:吉林省新闻工作者协会
主创人员:魏含冰、姜楠、陈乃东、刘士军
刊播栏目:中波 927《吉广新闻》
首发日期:2016 年 9 月 20 日

作品简介

本评论由"拾金索酬"事件出发,在事实清楚、公众观点充分表达的基础上,通过对学者、律师等人士的采访,从道德、法律等方面剖析"拾金索酬"的情与理,进而使公众由感性到理性,对"拾金索酬"这一普遍问题有正面认识。

新媒体展示

使用手机扫描下方二维码,即可观看本条获奖作品的新媒体展示。

获奖理由

该作品述评视角全面、厚重深刻、分析到位,对"拾金索酬"这一颇具争议的普遍性社会问题,进行了具有针对性的论述。整体来看,该作品遵循新闻规律,体现时代特点,制作精良,感染力强,评论具有启发性和警示性。

给水留条"回家"的路

作品信息

作品类型：三等奖·广播评论
刊播单位：武汉广播电视台
报送单位：湖北省新闻工作者协会
主创人员：赵阳、程识行、李景成、冷霜
刊播栏目：综合广播《朝闻快报》
首发日期：2016年7月15日

作品简介

湖北省委省政府决定，为确保武汉等重要城市的防汛安全，梁子湖的子湖牛山湖将破垸分洪，永久退垸还湖。记者详细记录了从破堤准备到准时炸堤的全过程，并在破垸现场和附近安置点采访了即将失去家园的周边渔民。

获奖理由

评论观点有新意、前瞻性强；内容使人警醒、发人深省，展现主流媒体对中国改革发展进程的深入观察与思考。报道在社会上激起强烈反响，长期被忽视的生态安全问题得到更多人的重视，并引发相关部门对经济发展方式的重新审视。

新媒体展示

使用手机扫描下方二维码，即可观看本条获奖作品的新媒体展示。

最美校园评选的背后
——莫让功利心玷污了孩子

作品信息

作品类型:三等奖·广播评论
刊播单位:宜春市广播电视台
报送单位:江西省新闻工作者协会
主创人员:刘建锋、冯正、杨婷、赖婵
刊播栏目:新闻综合频率《明月焦点》
首发日期:2016年12月10日

作品简介

时下微信朋友圈里的投票、拉票等行为引发人们普遍反感,高安市一些学校领导为了面子而滥用管理权限,让功利心玷污纯洁的孩子。作品通过对学校老师、家长的深入采访,以小切口反映大民生,及时反映出了很多人的心声。

新媒体展示

使用手机扫描下方二维码,即可观看本条获奖作品的新媒体展示。

获奖理由

记者采访扎实,同期声丰富,共出现8个录音,说服力强。文稿平实精练,播音语气适中,加上优异的后期节目制作,产生了入脑入心的播出效果。

李娜倮：用歌声唱出拉祜村寨幸福生活

✉ 作品信息

作品类型：三等奖·广播专题
刊播单位：云南广播电视台
报送单位：云南省新闻工作者协会
主创人员：李建波、罗琼芳、邱培刚
刊播频率：民族频率拉祜语广播
首发日期：2016年11月2日

💻 作品简介

作品以典型的音响、丰富的同期声和适当的背景音乐，展示了普洱市澜沧拉祜族自治县老达保村文化旅游脱贫过程。作品内容有故事情节、矛盾冲突、暖心激励，前期采访细致，后期制作精良，是一篇广播特色浓郁的新闻专题。

💬 获奖理由

该作品用民族语讲述了扶贫攻坚典型事例，内容丰富精彩，结构合理，音响丰富，制作精良，是一篇优秀的广播作品。

📶 新媒体展示

使用手机扫描下方二维码，即可观看本条获奖作品的新媒体展示。

为了各族群众的健康

作品信息

作品类型:三等奖·广播专题
刊播单位:新疆人民广播电台
报送单位:新疆新闻工作者协会
主创人员:贺飞、马国蕾、邱锦、兰天
刊播栏目:汉语新闻广播《民生零距离》
首发日期:2016年12月31日

作品简介

记者深入新疆最为偏远贫困的南疆四地州进行采访,全景式反映了"全民健康体检"工程给基层群众健康带来的巨大变化。作品充分反映了各级政府"加快民生改善、以全民健康带动全面小康"的决心。

新媒体展示

使用手机扫描下方二维码,即可观看本条获奖作品的新媒体展示。

获奖理由

作品通过不同层面,反映了这一工程对于"提升群众健康水平""推进基层卫生事业发展"等工作的重要意义,反映了"全民健康体检"对于偏远贫困地区群众健康观念的巨大影响和对人们文化、情感、精神融合的深远意义。

一桥飞架,两岸梦圆

作品信息

作品类型:三等奖·广播专题
刊播单位:黑龙江广播电视台
报送单位:黑龙江省新闻工作者协会
主创人员:韩天、任广镇、王婧、刘洪源
刊播栏目:交通广播《一路有你》
首发日期:2016年12月25日

作品简介

记者在充分掌握相关情况的同时,形成了采写的大体预案,从稿件构思到采访操作,进行了详尽准备,并在大桥开工仪式后,迅速播发了这篇稿件。与此同时,还对这篇报道进行了新媒体改造,通过"三微一端"进行多次呈现。

获奖理由

这篇报道聚焦于具体的"人",以"人"的故事和情感勾勒宏大事件,体现出难能可贵的国际化视野和历史纵深感,展现了采编团队较为宽广的思维格局和对重大新闻题材较强的驾驭能力。

新媒体展示

使用手机扫描下方二维码,即可观看本条获奖作品的新媒体展示。

南苏丹平民保护所里的少年足球队

作品信息

作品类型:三等奖・广播专题
刊播单位:苏州广播电视总台
报送单位:江苏省新闻工作者协会
主创人员:张超、潘涛
刊播栏目:FM104.8《直播苏州》
首发日期:2016年12月31日

作品简介

2016年12月30日,是南苏丹瓦乌平民保护所少年足球队成立3个月的日子,当天,杨帆收到了来自南苏丹的邮件。记者以此为切口,精编细剪,通宵未眠,完成了这篇报道,并在第二天的早新闻中播出。

新媒体展示

使用手机扫描下方二维码,即可观看本条获奖作品的新媒体展示。

获奖理由

该报道题材重大,独家报道了杨帆创建南苏丹瓦乌平民保护所少年足球队的新闻事实,向世界展示了中国警察的风采。该报道广播特色鲜明,音响资料扎实,声音元素丰富,剪切、择取、制作精当,播出后社会反响良好。

世界首颗量子卫星发射成功 量子通信济南领先

作品信息

作品类型:三等奖·广播专题
刊播单位:济南广播电视台
报送单位:山东新闻工作者协会
主创人员:丁宁、李志艳、徐宁、董坡
刊播栏目:电台经济频率 FM90.9
《经广新闻网》
首发日期:2016 年 8 月 17 日

作品简介

记者在对"墨子号"发射现场进行采访的同时,深入济南量子技术研究院等单位采访,报道了有独特意义的新闻事实:"十二五"期间,济南对量子通信技术进行了系列前瞻性布局。

获奖理由

作品报道的新闻事实是全球首颗量子科学实验卫星"墨子号"发射成功,这是世界科技领域的重大事件。作品以丰富而独特的采访素材解读量子通信,采访深入,逻辑严谨,音响典型,凸显了广播的新闻性、时效性和现场感。

新媒体展示

使用手机扫描下方二维码,即可观看本条获奖作品的新媒体展示。

迎英雄回家

作品信息

作品类型：三等奖・广播系列报道
刊播单位：许昌人民广播电台
报送单位：河南省新闻工作者协会
主创人员：张鹏、史丽娟、赵军伟、何永超、
　　　　　陈福平、卢光宇、张媛
刊播栏目：许昌人民广播电台《许昌新闻》
首发日期：2016年7月20日－2016年8月19日

作品简介

中国第二批赴南苏丹维和步兵营在当地武装冲突中遭炮火袭击，驻许某部两位战士李磊、杨树朋壮烈牺牲，另有5人受伤。习主席专门批示安排专机接英雄回家，并举行隆重仪式，缅怀英烈。群众自发走上街头迎接英雄。

新媒体展示　　 获奖理由

使用手机扫描下方二维码，即可观看本条获奖作品的新媒体展示。

稿件采访深入全面，立意高远，录音丰富，现场感强，播音感情充沛，主题展现充分。除了在本台播出外，还被上级台采用，并通过微信、微博进行传播，在社会上引起良好反响。

吴家庄脱贫记

作品信息

作品类型:三等奖·广播系列
刊播单位:山西广播电视台
报送单位:山西省新闻工作者协会
主创人员:郭健、刘世雯、郝建军
作品时长:3分43秒
刊播栏目:山西综合广播《山西新闻》
首发日期:2016年2月8日—2016年2月10日

作品简介

山西省的吴家庄村在政府的支持帮助下,人均年收入由1 700多元增加到2万元,走出了一条成功脱贫之路。2016年春节前夕,山西广播电视台台长郭健带领"新春走基层"记者团,对吴家庄村进行了深入的采访。

获奖理由

作品语言朴实、感情真挚、音响丰富。作品中所表现出来的记者的工作作风、作品的文风、内容的典型性与主题的提炼把握都具有示范意义,很好地体现了"展示脱贫成就,吹响脱贫号角,再鼓脱贫干劲"的宣传宗旨。

新媒体展示

使用手机扫描下方二维码,即可观看本条获奖作品的新媒体展示。

蜕变的塘约

作品信息

作品类型：三等奖·广播系列
刊播单位：安顺市广播电视台
报送单位：贵州省新闻工作者协会
主创人员：李应发、顾名静、王红、邹坤亚、徐宝春
作品时长：3 分 33 秒
刊播栏目：102.9 频率《聆听安顺》
首发日期：2016 年 12 月 7 日－2016 年 12 月 9 日

作品简介

贵州省安顺市平坝区塘约村在村支书左文学的带领下大胆改革，实现脱贫，步入小康。记者多次深入实地采访，较为全面地反映了塘约村的成功变革，从塘约村的变革中提炼出了加强基层党建、壮大集体经济、治理乡风民俗三点经验。

新媒体展示　　 获奖理由

使用手机扫描下方二维码，即可观看本条获奖作品的新媒体展示。

该节目第一时间比较全面地报道了塘约村改革的成功经验，主题重大、题材典型、报道角度独特，生动、鲜活地展现了塘约村成功的改革道路。从历史的角度来看，塘约村的变革也许是中国新一轮农村改革闪亮的序章。

草原奖补保了生态富了牧民

作品信息

作品类型：三等奖·广播系列
刊播单位：呼伦贝尔广播电视台
报送单位：内蒙古自治区新闻工作者协会
主创人员：代兄、王洁滨、高力
作品时长：4 分 49 秒
刊播栏目：新闻综合频率《呼伦贝尔新闻联播》
首发日期：2016 年 11 月 14 日－2016 年 11 月 18 日

作品简介

记者通过采访草原站、草原监督管理局等相关单位和受益牧民，对呼伦贝尔市实施草原生态保护奖补机制后草原生态改善、牧民收入增加等情况和实施新一轮奖补政策后牧民如何合理使用奖补资金方面进行了深入的采访报道。

获奖理由

该系列报道对呼伦贝尔市实施草原生态保护奖补机制后草原生态改善、牧民收入增长情况和牧民应怎样合理利用好国家新一轮奖补政策等方面做了深度报道。系列报道重点突出、主题鲜明，有较强的感染力。

新媒体展示

使用手机扫描下方二维码，即可观看本条获奖作品的新媒体展示。

不容篡改的命运

作品信息

作品类型:三等奖·广播访谈
刊播单位:青岛市广播电视台
报送单位:中国广播电影电视社会组织联合会
主创人员:赫然、吕芙蓉、荆红卫、孙召娜、朱宇、
　　　　　崔晓丹
作品时长:27分45秒
刊播栏目:青岛广播新闻频率《新闻有态度》
首发日期:2016年8月6日

作品简介

青岛胶州一中考生常升的高考志愿被同学篡改,在各方努力下最终事件得以反转。本期节目邀请最先报道该事件的记者到直播间讲述事件反转的全过程,连线当事人常升,披露他的心路历程。

新媒体展示

使用手机扫描下方二维码,即可观看本条获奖作品的新媒体展示。

获奖理由

该期节目策划充分、关注度高、新闻性强、信息量大。主持人语言生动精练,对事件的梳理细致全面,与访谈对象的谈话互动深入,表现出良好的节目驾驭能力。

母语之寻

作品信息

作品类型：三等奖·广播访谈
刊播单位：内蒙古广播电视台
报送单位：中国广播电影电视社会组织联合会
主创人员：苏雅拉巴图、乌仁图雅
作品时长：48分
刊播栏目：蒙古语综合广播《新闻驿站》直播节目
首发日期：2016年7月31日

作品简介

节目以一个方言区乘客因为没有方言登机广播而误机为由头，生动带入方言区母语弱化的话题。呼和浩特市白塔机场对于蒙古语言文字的使用和管理，对其他蒙古语服务窗口单位树立了很好的榜样。

获奖理由

节目以小见大，访谈言之有物，整档节目层层递进，有现状、有问题、有期望，比较完整；寻找母语、重视母语这个话题具有普遍意义，对方言区的语言使用和管理有借鉴作用。

新媒体展示

使用手机扫描下方二维码，即可观看本条获奖作品的新媒体展示。

那川那帆
——郭川和徐莉佳的心灵"对话"

📧 作品信息

作品类型:三等奖·广播访谈
刊播单位:上海广播电视台
报送单位:中国广播电影电视社会组织联合会
主创人员:程晨、丁珧
作品时长:13分20秒
刊播栏目:上海新闻广播和五星体育广播联播
　　　　《空中体坛》
首发日期:2016年10月25日

💻 作品简介

这是一篇极为珍贵的作品,不仅留下了中国航海家郭川的声音和挑战人类航海极限的梦想,也传递了奥运帆船冠军徐莉佳挑战大帆船航海的新愿望。两位中国最杰出的航海人的心灵在时空交错的电波中交融。

📶 新媒体展示

使用手机扫描下方二维码,即可观看本条获奖作品的新媒体展示。

💬 获奖理由

当郭川独自航行在茫茫大海上时,只有上海台《空中体坛》与他进行了对话。与郭川失联后才蜂拥而上的媒体相比,之前就认识到他的价值的报道更值得尊重,他在失联前最后几小时留下的声音也更为宝贵。

突发直播:山东平邑石膏矿垮塌事故被困36天矿工成功获救

作品信息

作品类型:三等奖·广播直播
刊播单位:中央人民广播电台
报送单位:中国广播电影电视社会组织联合会
主创人员:集体
作品时长:114分40秒
刊播栏目:中国之声《央广夜新闻》
首发日期:2016年1月29日

作品简介

2015年12月25号,山东平邑玉荣石膏矿发生坍塌事故,导致1人遇难,17人被困井下,井下还有14人处于失联状态。事故发生后,央广山东记者站的四位记者第一时间赶赴事发地点并一直坚守在事故现场,实时追踪报道救援进展。

获奖理由

前方记者和主持人在手头没有一张直播文字稿件的情况下,连续不间断地完成了这场突发新闻现场直播。直播间内的当值主持人以及前方记者在直播全程表现得井然有序、从容不迫,直播节奏清晰、基调把握准确。

新媒体展示

使用手机扫描下方二维码,即可观看本条获奖作品的新媒体展示。

乌鲁木齐站7月1日试运营现场直播

作品信息

作品类型:三等奖·广播直播
刊播单位:新疆人民广播电台
报送单位:中国广播电影电视社会组织联合会
主创人员:集体
作品时长:29分56秒
刊播栏目:949交通广播《开心路路通》
首发日期:2016年7月1日

作品简介

2016年7月1日,乌鲁木齐站试运营。新疆949交通广播充分发挥广播优势,关注新疆交通建设史上具有里程碑意义的大事。整期现场直播流畅干净、音响丰富清晰、报道形式多样、采访生动朴实。

新媒体展示

使用手机扫描下方二维码,即可观看本条获奖作品的新媒体展示。

获奖理由

该现场直播从全面的人性化服务入手,进行了体验式的报道和深入细致的记录,用自己的亲身感受记录了乌鲁木齐站试运营的全过程,体现了交通广播对听众的人文关怀、服务理念和社会责任感。

523 中环线重大突发事故特别报道

作品信息

作品类型：三等奖·广播直播
刊播单位：上海广播电视台
报送单位：中国广播电影电视社会组织联合会
主创人员：集体
作品时长：390分
刊播栏目：FM105.7 上海交通广播新闻现场直播
首发日期：2016年5月23日

作品简介

2016年5月23日凌晨零点10分上海中环线的交通事故发生后，上海交通广播快速反应，从凌晨两点三十四分起，打破录播节目的版面，进行大板块、长时间滚动直播，第一时间发布事故处置、交通管制、路况调整等信息。

获奖理由

凌晨两点打破节目常规版面，主持人迅速到岗，记者第一时间赶赴事故现场，发布最权威、即时的信息，遏制了小道消息、不实信息蔓延，凸显了广播的即时性、权威性和公信力。

新媒体展示

使用手机扫描下方二维码，即可观看本条获奖作品的新媒体展示。

12月31日《回眸2016,收获温暖和幸福;展望2017,放飞梦想与希望
——〈北京新闻〉岁末特别报道》

✉ 作品信息

作品类型:三等奖·广播编排
刊播单位:北京人民广播电台
报送单位:中国广播电影电视社会组织联合会
主创人员:王彦、郑晨
作品时长:25分14秒
刊播栏目:《北京新闻》
首发日期:2016年12月31日

🖥 作品简介

《北京新闻》是北京人民广播电台新闻广播早间黄金时段播出的一档新闻栏目,力求迅速、准确地报道发生在首都政治、经济、科教、文化、社会等各个领域的重要新闻。

📶 新媒体展示

使用手机扫描下方二维码,即可观看本条获奖作品的新媒体展示。

💬 获奖理由

节目重点突出,时效性强。节目编辑播出了包括天气、空气质量、铁路客运、文艺演出等服务信息,突出了广播节目的服务性。节目还运用了新媒体手段,在微信公众号发布相关报道,拓宽了节目的传播渠道。

中国新闻奖

电视类·特等奖

习近平在青海考察时强调 尊重自然 顺应自然 保护自然 坚决筑牢国家生态安全屏障

作品信息

作品类型：特别奖·电视消息
刊播单位：中央电视台
报送单位：中国广播电影电视社会组织联合会
主创人员：集体
作品时长：17分28秒
刊播栏目：《新闻联播》
首发日期：2016年8月24日

作品简介

此次新闻报道用唐家村2004年搬迁和当今生活两个时间维度的对比，直接、清楚地展现了少数民族生活状况的巨大变迁。全片真实、客观地展现了总书记务实的作风和亲民的形象，让广大人民群众能够感受到总书记与大家心连心的真情实感。

获奖理由

该片精心组织、重点策划，取得了很好的传播效果。该片注重时政报道的创新，很好地塑造了领袖形象，获得了学界、业界及受众的广泛好评。

新媒体展示

使用手机扫描下方二维码，即可观看本条获奖作品的新媒体展示。

中国新闻奖

电视类·一等奖

中国笔王"贝发"小笔尖大制造
杭州 G20 元首笔撬动高端市场

✉ 作品信息

作品类型:一等奖·电视消息
刊播单位:宁波广播电视集团
报送单位:兰州大学
主创人员:廖建斌、闫全、董寅寅、陈旭
作品时长:3 分 59 秒
刊播栏目:新闻综合频道《宁波新闻》
首发日期:2016 年 12 月 29 日

💻 作品简介

"贝发"借力杭州 G20 峰会效应,顺势推出"中国好笔"系列,迅速撬动高端圆珠笔市场。记者获知"贝发"在短时间内销售 15 万只"中国好笔"的消息后,立即前往采访,制作了此则消息。

💬 获奖理由

该作品主题重大、角度新颖、结构巧妙,播出后,新华社、人民日报社等国家级媒体跟进报道"中国好笔",并以其为样本报道宁波制造。在 2017 年全国"两会"上,"中国好笔"及宁波制造成为代表委员关注的热点之一。

📶 新媒体展示

使用手机扫描下方二维码,即可观看本条获奖作品的新媒体展示。

民企也是国家队

✉ 作品信息

作品类型：一等奖·电视评论
刊播单位：黑龙江广播电视台
报送单位：黑龙江省新闻工作者协会
主创人员：李宁、杨阳、霍扬、刘雨轩
作品时长：10分35秒
刊播栏目：卫视频道《新闻联播》
首发日期：2016年11月7日

💻 作品简介

"民营经济偏弱"是黑龙江省经济发展的短板，也是黑龙江省在全面振兴东北老工业基地的进程中必须要解决的问题。记者长期关注这一问题，多次深入安天公司采访，全面报道了安天公司作为"民企国家队"的特征，深入挖掘了安天公司作为民营企业一步步成长为企业"国家队"的原因。

📶 新媒体展示

使用手机扫描下方二维码，即可观看本条获奖作品的新媒体展示。

💬 获奖理由

评论以"民企也是国家队"立题，分析了为什么民企也是"国家队"的原因、怎样的民企才能成为"国家队"。抽丝剥茧，层层深入，揭示了只有能承担国家责任的民企才有可能成为"国家队"，而国家对这样的民企理应给予高度重视。

永远在路上

作品信息

作品类型：一等奖·电视专题
刊播单位：中央电视台
报送单位：中国广播电影电视社会组织联合会
主创人员：集体
作品时长：50分
刊播栏目：综合频道黄金时段
首发日期：2016年10月17日

作品简介

八集专题片《永远在路上》反映了党的十八大以来，以习近平同志为核心的党中央把全面从严治党提升到"四个全面"战略布局高度，着力构建不敢腐、不能腐、不想腐的体制机制，反腐败斗争压倒性态势正在形成。

获奖理由

《永远在路上》用真实和坦诚打破了既有的路径依赖，是新时期党建和反腐工作的一项重大创新，在信息传播中剥离掉神秘元素，用更可感可触的人性和细节拉近与观众的距离，让人们更真切地感知反腐的惊心动魄和任重道远。

新媒体展示

使用手机扫描下方二维码，即可观看本条获奖作品的新媒体展示。

"僵尸企业"重生记

作品信息

作品类型：一等奖·电视专题
刊播单位：山东广播电视台
报送单位：山东新闻工作者协会
主创人员：陈琛、伊力、唐虎、郑欣、徐奇
作品时长：15分
刊播栏目：公共频道《真相力量》
首发日期：2016年12月31日

作品简介

作为供给侧结构性改革的重要任务之一，处置"僵尸企业"尤为迫切，且十分棘手，是全国性的难题。面对全省最大的"僵尸企业"——肥矿集团，山东没有走"输血"和破产的老路子，而是创新性地采取改革重组的路径，对资产、债务、人员进行全面改革重组，使企业实现浴火重生，整个过程平稳无震荡。

新媒体展示

使用手机扫描下方二维码，即可观看本条获奖作品的新媒体展示。

获奖理由

该作品题材重大，紧紧抓住处置"僵尸企业"这一重大题材，以典型案例深入剖析，充分挖掘了各个方面、各个层次的利益诉求和矛盾冲突，展示了改革者通过大刀阔斧的改革推动企业重生的过程。报道客观公正，层层递进，紧张曲折，细节生动，情节感人，采访真实，人物鲜活。

新华社特约记者太空日记

作品信息

作品类型：一等奖·电视系列报道
刊播单位：中国新华新闻电视网
报送单位：自荐
主创人员：景海鹏、陈冬、李柯勇、郑晓奕、饶力文、魏骅、肖正强、陈曦
作品时长：4分
刊播栏目：《最新播报》《新华纵横》
首发日期：2016年10月19日—2016年11月18日

作品简介

2016年11月18日，天宫二号和神舟十一号载人飞行任务取得圆满成功，首次实现了我国航天员中期在轨驻留，标志着我国载人航天工程取得了新的重大进展。围绕这次历时两个多月的任务，新华社策划组织实施了以"新华社特约记者太空日记"为主打的全媒体融合报道。

获奖理由

"新华社特约记者太空日记"系列报道围绕重大主题进行突破性创新，用互联网思维构建新报道视角，内容独家，表达新颖，充分互动，全媒呈现，成为全国媒体融合报道的标志性作品之一。

新媒体展示

使用手机扫描下方二维码，即可观看本条获奖作品的新媒体展示。

为 85 岁爷爷拍照

作品信息

作品类型:一等奖·电视访谈
刊播单位:厦门广播电视集团
报送单位:中国广播电影电视社会组织联合会
主创人员:林娜、陈玲、林子健、黄宇、黄石惠、
    沈静
作品时长:29 分 17 秒
刊播栏目:《玲听两岸》
首发日期:2016 年 3 月 20 日

作品简介

2016 年 3 月,针对火爆网络媒体的"孙子为 85 岁爷爷拍照"的新闻事件,栏目编导及策划团队敏锐地捕捉到了其新闻价值和社会意义,立即对新闻当事人做了追踪采访及策划报道,最终制作播出了这样一档新闻访谈节目。

新媒体展示

使用手机扫描下方二维码,即可观看本条获奖作品的新媒体展示。

获奖理由

本节目编导及策划团队敏锐地抓住网络上"孙子为 85 岁爷爷拍照"这一热点事件,把祖孙二人请到演播室进行生动活泼的访谈交流,不仅讲述了照片背后的故事,更探讨了如何有效地进行代际沟通、更好地关爱老人的社会话题,具有很强的社会意义和人文关怀精神。

二十国集团领导人杭州峰会系列直播

作品信息

作品类型:一等奖·电视直播
刊播单位:中央电视台
报送单位:中国广播电影电视社会组织联合会
主创人员:集体
作品时长:44 分 26 秒
刊播栏目:二十国集团领导人杭州峰会特别报道
首发日期:2016 年 9 月 3 日

作品简介

该节目为二十国集团领导人杭州峰会系列直播报道,共 6 场直播活动,全流程全景式展示了国家主席习近平参加的 G20 杭州峰会各项重要活动,展现了大国形象和领导人风采。

获奖理由

二十国集团领导人杭州峰会系列直播是 G20 杭州峰会特别报道中最重要的部分。直播团队精心谋划,设计大批创新镜头,充分发挥特种设备功能,首次动用先进夜视摄影设备,为峰会召开增添了浓重色彩,最终呈现的效果达到了预期。

新媒体展示

使用手机扫描下方二维码,即可观看本条获奖作品的新媒体展示。

11月16日
《浙江新闻联播》

作品信息

作品类型：一等奖·电视编排
刊播单位：浙江广播电视集团
报送单位：中国广播电影电视社会组织联合会
主创人员：集体
作品时长：26分
刊播频道：新闻频道
首发日期：2016年11月16日

作品简介

2016年11月16日，第三届世界互联网大会在浙江乌镇召开。当天的《浙江新闻联播》栏目创新编排，演播室多点连线，运用多种新闻形态，全方位、大容量报道大会盛况，传递世界互联网治理的"中国声音"，展示浙江信息经济发展的全新动能，讲好乌镇因网而变的"小镇故事"。

新媒体展示

使用手机扫描下方二维码，即可观看本条获奖作品的新媒体展示。

获奖理由

整档节目围绕第三届世界互联网大会开幕这一主题来编排，主题突出，覆盖力强。在内容板块上，分为大会现场、浙江的互联网建设成就、会议召开地浙江乌镇的互联网生活三个板块，有现场、有纵深、有细节，使重大主题和重大活动报道获得较为丰富的依托和微观呈现。

中国新闻奖

电视类·二等奖

"FAST之父"南仁东：
22年坚持 铸就大国重器

✉ 作品信息

作品类型：二等奖·电视消息
刊播单位：贵州广播电视台
报送单位：贵州省新闻工作者协会
主创人员：郭裕娇、曾明、黎露佳、时小千
作品时长：2分59秒
刊播栏目：贵州卫视《贵州新闻联播》
首发日期：2016年12月19日

🖥 作品简介

南仁东是中国科学院国家天文台FAST工程的总工程师兼首席科学家，可以说，没有他就没有世界最大的射电望远镜。在项目建成之际，南仁东因为身体原因已经无法接受采访，因此记者从过去采访FAST项目的素材和节目中选取了南仁东各个时期具有代表性的同期声，展现了这位科学家对我国科学事业的忠诚与情怀。

💬 获奖理由

该报道制作精良，充分恰当地运用采访获得的资料素材，在新闻当事人无法接受采访的情况下，很好地展现了人物形象和其精神境界，弥补了我国的大射电望远镜项目建成使用之后，主要新闻人物无法"出场"的遗憾，是重大题材另辟蹊径的报道。

📶 新媒体展示

使用手机扫描下方二维码，即可观看本条获奖作品的新媒体展示。

湖北实施退湖还湖"第一爆"
梁子湖的牛山湖成功实施破垸分洪

作品信息

作品类型:二等奖·电视消息
刊播单位:湖北广播电视台
报送单位:湖北省新闻工作者协会
主创人员:集体
作品时长:1分57秒
刊播栏目:湖北卫视《长江新闻号》
首发日期:2016年7月14日

作品简介

经电视新闻中心中央厨房总调度,统一指挥,牛山湖报道分为后方直播团队和前方多个采访组。在这条短新闻中,凝聚的是凌晨布设最好机位、不畏生死的拍摄成果,是多组记者全方位的采访;体现的是融媒体中心前后方密切的配合。作品通过全方位的拍摄手段,记录下爆破的整个过程,将爆破的全貌完整地呈现给观众。

新媒体展示

使用手机扫描下方二维码,即可观看本条获奖作品的新媒体展示。

获奖理由

该新闻作品采取全方位、全过程、多角度、多视角的记录方法,第一时间记录下爆破的整个过程,将爆破的全貌完整地呈现给观众。电视作品的时效性、完整性、纪实性得到了充分的体现。

方家大院的中国年

作品信息

作品类型：二等奖·电视消息
刊播单位：江西广播电视台
报送单位：湖南大学
主创人员：谢永芳、付忆静、赵洪潭、程小刚
作品时长：3分38秒
刊播栏目：江西卫视《江西新闻联播》
首发日期：2016年2月9日

作品简介

记者以目击者的身份，以纪录的方式，走进江西画坛著名的书画世家——方家。如今已是几代同堂的方氏家族一直生活在同一个院落里。记者敏锐地捕捉到这一社会现象所蕴含的新闻价值，《方家大院的中国年》便随之诞生。

获奖理由

该作品选材精当、新闻鲜活、反响强烈。记者选择春节这个时间窗口，大量运用现场记录和同期声采访，集中展现方家人的文化自信，"一方之家，国之缩影"，洞见中华优秀传统文化及传统文化的现代价值和创新传承。

新媒体展示

使用手机扫描下方二维码，即可观看本条获奖作品的新媒体展示。

收粮商贩王力军的尴尬

作品信息

作品类型：二等奖·电视评论
刊播单位：内蒙古广播电视台
报送单位：内蒙古记协
主创人员：任杰、杨晓燕、刘华、宋国峰、田长青
作品时长：15 分
刊播栏目：内蒙古卫视《新闻在观察》
首发日期：2016 年 8 月 3 日 21 时 40 秒

作品简介

2016 年 4 月 15 日，巴彦淖尔市临河区农民王力军因无证收购玉米，被临河区法院以非法经营罪判处有期徒刑一年。当时王力军心里有一个疑惑，为什么都为之叫好的事情，却触碰了法律。节目围绕这个案件，全方位、立体式地进行了客观实际的反映。

新媒体展示

使用手机扫描下方二维码，即可观看本条获奖作品的新媒体展示。

获奖理由

在我国的粮食生产实力稳步增强，农产品流通领域尚未健全的大背景下，从事粮食流通贸易的中间商仍然不可或缺。收粮商贩们的心声反映了切实的问题，能放的放开、该管的管住，只有这样，农产品卖难的问题才能得以解决。

谁制造了"毒跑道"

✉ 作品信息

作品类型：二等奖·电视评论
刊播单位：中央电视台
报送单位：中国广播电影电视社会组织联合会
主创人员：李彬彬、于浩、王亚丹、李培、李慧
作品时长：28分43秒
刊播栏目：中央电视台财经频道《经济半小时》
首发日期：2016年6月21日

💻 作品简介

《经济半小时》栏目记者王亚丹为完成本期调查节目，揭开校园跑道出现问题的内幕，在烈日的暴晒之下，忍受着废旧橡胶、劣质胶水散发的毒气，多次进入造假窝点，对有毒塑胶跑道的原料、生产、铺设展开了深入、细致、完整的调查。

💬 获奖理由

自2016年5月，全国多个城市校园跑道出现异味的现象，一时间舆论哗然。为此，记者深入源头，对有毒跑道生产、销售、铺设、使用的来龙去脉进行了独家调查追踪采访，由此也揭开了国内塑胶跑道行业无序、无规、暴利、污染的内幕。

📶 新媒体展示

使用手机扫描下方二维码，即可观看本条获奖作品的新媒体展示。

亲爱的

作品信息

作品类型:二等奖·电视专题
刊播单位:重庆广播电视集团(总台)
报送单位:重庆市新闻工作者协会
主创人员:郭蓓蓓、李小白、张正蓉、包俊
作品时长:22分52秒
刊播栏目:重庆卫视新闻频道《重庆发现》
首发日期:2016年8月18日

作品简介

2016年夏天,一位母亲写的文章被通讯员转发到了微信朋友圈上,这是一篇"反思死亡"的心得,而反思的对象是作者自己和她年仅11岁,患有两种罕见病、去日无多的儿子。我们找到了这位母亲,真实地呈现出这对母子的心路历程和"向死而生"的生命态度。

新媒体展示

使用手机扫描下方二维码,即可观看本条获奖作品的新媒体展示。

获奖理由

以一位母亲带着自己11岁的儿子,办理志愿捐献遗体申请登记手续为切入点,层层递进,讲述他们不寻常的遭遇与心路历程。在与两种罕见病的博弈中,母子俩学习进取与退思、抵抗与开放、抗争与臣服。节目叙述流畅、生动真实、贴近观众、感人至深。

船 长

作品信息

作品类型:二等奖·电视专题
刊播单位:青岛市广播电视台
报送单位:个人
主创人员:颜涛、赵亚南、宋伟、于海洋、张大新、
　　　　 王文科、王红梅、崔文鹏、孙楠
作品时长:25分30秒
刊播栏目:新闻综合频道《青岛纪事》
首发日期:2016年12月30日

作品简介

2016年10月25日,职业航海家郭川在挑战跨太平洋航行的过程中失联,引起社会广泛关注。作者以此为切入点,立体地勾画了一个富有航海精神、钟爱事业和家庭、充满责任感和使命感、为我国航海运动发展勇于探索的当代中国职业航海人的形象。

获奖理由

记者用12年的跟踪采访,记录了当代中国航海家郭川的航海经历,展示了郭川航海生涯中很多鲜为人知的心路历程。创作者运用电视的手段,充满感情地塑造了一个立体而感人的人物形象。作品情感饱满、思绪悠长。

新媒体展示

使用手机扫描下方二维码,即可观看本条获奖作品的新媒体展示。

人间世——救命

作品信息

作品类型:二等奖·电视专题
刊播单位:上海广播电视台
报送单位:上海市新闻工作者协会
主创人员:秦博、周全、李振宇、潘德祥、
　　　　　董路翔、黄伊罕、范士广
作品时长:44分58秒
刊播栏目:新闻综合频道特别版面
首发日期:2016年6月11日

作品简介

《救命》是《人间世》系列纪录片的第一集。在病人及家属同意拍摄的前提下,记录了大量一线抢救的案例,呈现了面对生死考验时,人性的善良、勇气和怜悯,直面了"医学的可为与不可为"这一具有现实意义的主题。

新媒体展示

使用手机扫描下方二维码,即可观看本条获奖作品的新媒体展示。

获奖理由

本片打造了自己的语态,即"新闻内核,纪实表达"。面对纷繁复杂的医患关系,该作品没有回避这个社会热点问题,通过全面、真实、客观的记录,传递出记者的观点,充分表达了"尊重医学,尊重生命"这一重大主题。

海上丝路看深商

作品信息

作品类型：二等奖·电视系列
刊播单位：深圳广播电影电视集团
报送单位：广东省新闻工作者协会
主创人员：陈红艳、池薇、敖志、王玟玮、连少燕、
　　　　　赵筱尘、刘达奇
作品时长：6分37秒
刊播栏目：深圳卫视《深视新闻》
首发日期：2016年9月29日—2016年10月10日

作品简介

该片紧扣深圳作为"21世纪海上丝绸之路"重要港口城市的区位特点，以"深商"为切入口，用小视角阐述时代大主题，有别于溯古述今、宏大叙事的常规报道路径，重点阐释"一带一路"的"共赢"理念。

获奖理由

该系列报道秉承"小切口、大时代"的创作思路，立足地方、反映现实，以"深商"为样本，展现他们在海外追求各自"中国梦"的故事，并重点诠释"一带一路"互利共赢理念。业界专家评价该报道"可作为推进'一带一路'的教学片"。

新媒体展示

使用手机扫描下方二维码，即可观看本条获奖作品的新媒体展示。

"悬崖村"扶贫纪事

作品信息

作品类型:二等奖·电视系列
刊播单位:中央电视台
报送单位:中国广播电影电视社会组织联合会
主创人员:朱兴建、白璐、张力、范建峰、殷瑞柯、
　　　　　张宇山、汪洁
作品时长:6分25秒
刊播栏目:新闻频道《朝闻天下》
首发日期:2016年5月25日—2016年5月27日

作品简介

四川大凉山,是全国14个集中连片贫困地区之一,也是全国最大的彝族聚居区。这里山高路远、土地贫瘠,自然条件极度恶劣,是脱贫攻坚最难啃的硬骨头。2015年12月,央视记者来到凉山州的阿土列尔村,记录下发生在那里的扶贫故事。

新媒体展示

使用手机扫描下方二维码,即可观看本条获奖作品的新媒体展示。

获奖理由

为了真实记录下"悬崖村"生动、鲜活的故事,央视记者克服恐惧,冒着生命危险拍摄。在扶贫路上,也许还有很多像"悬崖村"一样难啃的硬骨头,还有很多扶贫干部需要翻越的悬崖,但是就像该系列报道开篇的标题一样,"明知山无路,偏向此山行"。

儿科医生"短缺症"，何药可医？

作品信息

作品类型：二等奖·电视访谈
刊播单位：辽宁卫视
报送单位：中国广播电影电视社会组织联合会
主创人员：集体
作品时长：25分
刊播栏目：《瞭望评辨天下》
首发日期：2016年6月12日

作品简介

本期节目敏锐捕捉社会热点，由儿科医生短缺的现状和令人吃惊的数字讲起，深度分析造成儿科医生短缺的深层原因，剖析儿科医生和患者的不同处境和诉求，从而探讨解决这一问题的合理路径。

获奖理由

本节目紧扣社会热点，聘请高水平的访谈嘉宾，展现因儿科医生短缺而在实际诊疗服务过程中出现的各种问题与困扰，深刻分析问题出现的原因，客观、理性地表达医患双方的观点与诉求，探讨解决问题的方法与途径，达到了"有效引导舆论"的目的。

新媒体展示

使用手机扫描下方二维码，即可观看本条获奖作品的新媒体展示。

不忘初心 砥砺前行
——访徒步重走长征路第一人罗开富

✉ 作品信息

作品类型：二等奖·电视访谈
刊播单位：湖州市广播电视台
报送单位：中国广播电影电视社会组织联合会
主创人员：集体
作品时长：36分
播出频道：新闻综合频道
首发日期：2016年12月31日

作品简介

习近平总书记在纪念红军长征胜利80周年大会上讲述了"半条被子"的故事，湖州电视台抓住了"半条被子"这个新闻点，访谈见人、见事、见观点，既生动感人又蕴含深刻内涵，对如何走好今天的长征路起到了很好的启迪作用。

新媒体展示

使用手机扫描下方二维码，即可观看本条获奖作品的新媒体展示。

获奖理由

在纪念红军长征胜利80周年的特殊时刻，选取徒步长征第一人罗开富作为访谈对象，进行跨越时空的历史对话，具有特殊意义。访谈结构紧凑、制作精良、感情充沛、生动感人，以独特切入点和视角弘扬了伟大的长征精神。

7月15日《国际时讯》

📧 作品信息

作品类型:二等奖·电视编排
刊播单位:中央电视台
报送单位:中国广播电影电视社会组织
　　　　　联合会
主创人员:曹日、潘林华、许琪、李静、郑
　　　　　红、周明、吴维怡、邢妮
作品时长:27分
播出频道:新闻频道
首发日期:2016年7月15日

作品简介

当天27分钟的节目,有现场、有深度、有观点、有科技新知、有社会热点。头条版块关注法国尼斯恐袭事件,从北京时间清晨事件发生到晚间时段节目播出,栏目在有限时间内,用14分钟的篇幅对事件进行梳理,全方位解读袭击带来的"欧洲伤痛"。

获奖理由

这期《国际时讯》节目具备较强的专业性,从编排来看,节奏紧凑,详略得当,话题转换流畅自然。栏目在有限时间内对发生了一天的事件进行了系统梳理。总体来看,这期节目具备较强的传播力和影响力,有力地引导了社会舆论。

新媒体展示

使用手机扫描下方二维码,即可观看本条获奖作品的新媒体展示。

中国新闻奖

电视类·三等奖

重庆交大:破解沙子土壤化密码沙漠有望变绿洲

作品信息

作品类型:三等奖·电视消息
刊播单位:重庆广播电视集团(总台)
报送单位:重庆市新闻工作者协会
主创人员:毛林涛、蒲克
作品时长:3分37秒
刊播栏目:重庆卫视《重庆新闻联播》
首发日期:2016年9月17日

作品简介

沙漠真能种庄稼?沙漠为何能种庄稼?带着这些疑问,记者跟随科研人员深入内蒙古乌兰布和沙漠,探寻背后真相。在层层解析下,沙漠种庄稼的秘密终于浮现出来——科研团队"破解"了沙子土壤化的"密码"。

获奖理由

这本身就是一个重大新闻题材。在新闻叙事中,记者充分运用现场同期、出像、航拍等电视新闻手段,将这一重大新闻事件的来龙去脉逻辑清晰地展现出来,让人印象深刻。

新媒体展示

使用手机扫描下方二维码,即可观看本条获奖作品的新媒体展示。

36天生死营救
平邑矿难 4 名被困矿工成功升井

✉ 作品信息

作品类型：三等奖·电视消息
刊播单位：山东广播电视台
报送单位：个人
主创人员：高昌洁、高杰、韩苗苗、孙国栋
作品时长：3 分 36 秒
刊播栏目：卫视频道《山东新闻联播》
首发日期：2016 年 1 月 30 日

💻 作品简介

2015 年 12 月 25 日 7 时 56 分，山东平邑玉荣石膏矿发生坍塌。在被困 36 天后，4 名矿工被成功救出。记者在现场拍摄记录了整个救援过程，见证了"不抛弃、不放弃"的生命救援奇迹。

📶 新媒体展示

使用手机扫描下方二维码，即可观看本条获奖作品的新媒体展示。

💬 获奖理由

作品生动记录了整个救援过程，采访时间长，难度大，内容丰富权威，层次清晰全面，讲述流畅，细节鲜活。报道充分运用了现场同期声、动画等多种表现形式，给人留下了深刻印象，是不可多得的好作品。

有机种植：
为了明天回到昨天

作品信息

作品类型：三等奖·电视消息
刊播单位：黑龙江广播电视台
报送单位：黑龙江省新闻工作者协会
主创人员：杨国栋、孙鹏、顾芳、张晓光
作品时长：3分15秒
刊播栏目：卫视频道《新闻联播》
首发日期：2016年7月12日

作品简介

这条消息抓住了黑龙江省绥棱县46个采用有机方式种植作物的农户得到了1 000多万元丰厚回报的新闻事件，以生动的电视语言，展示了有机种植、恢复黑土生机等方面取得的成功经验。

获奖理由

作品见微知著，把重大的报道主题做出形象化的提炼，揭示了天华农场发展有机种植取得高效益的根本原因，是适应了农业供给侧结构性改革，激励广大农民扩大绿色有机食品供给，恢复黑土地珍贵的生态环境。

新媒体展示

使用手机扫描下方二维码，即可观看本条获奖作品的新媒体展示。

记者调查·甜蜜的负担

作品信息

作品类型：三等奖·电视评论
刊播单位：江西广播电视台
报送单位：江西省新闻工作者协会
主创人员：金石明、王超、田凌凌、涂霁、陶国平
作品时长：12分55秒
刊播栏目：都市频道《都市现场》
首发日期：2016年4月30日

作品简介

为了解赣南脐橙种植区水土流失的真实情况，记者奔赴赣南脐橙的多个主产县区，深入果园、山区，通过采访果农、主管部门、权威专家，发现部分脐橙果园触目惊心的水土流失现状以及水土保持措施落地所遇到的尴尬。

新媒体展示

使用手机扫描下方二维码，即可观看本条获奖作品的新媒体展示。

获奖理由

记者通过深入、翔实的调查，从赣南脐橙种植过程中的水土流失现象洞察到背后的法律真空，既对脐橙产业的可持续发展提出了预警，又生动地阐释了经济发展与生态环境保护的辩证关系。

沉重的苹果箱

作品信息

作品类型:三等奖·电视评论
刊播单位:甘肃省广播电影电视总台(集团)
报送单位:甘肃省新闻工作者协会
主创人员:漆新平、柴宗强、吴林峰、杜艳
作品时长:12分
刊播栏目:甘肃卫视《今日聚焦》
首发日期:2016年3月31日

作品简介

甘肃静宁的苹果,经过这些年的打造,已经成为一个享誉全国的品牌产品,它在带动静宁发展的同时,也给静宁争得了许多荣誉,但让人遗憾的是,这一品牌正在遭受周边无良商贩的破坏,甚至有些静宁本地人也在制假售假。

获奖理由

作者着眼于建设性批评,在尊重事实的基本前提下,把握舆论导向,真正做到了"出于公心,出于良心,出于善心,出于诚心"。让舆论监督成了化解矛盾、改进工作的利刃。

新媒体展示

使用手机扫描下方二维码,即可观看本条获奖作品的新媒体展示。

"限塑令"为何名存实亡

作品信息

作品类型：三等奖·电视评论
刊播单位：北京电视台
报送单位：北京市新闻工作者协会
主创人员：国培源、刘祺、杨玉卓、武奕
作品时长：15分40秒
刊播栏目：新闻频道《锐观察》
首发日期：2016年2月16日20时16秒

作品简介

九年前"限塑令"的颁布，曾经一阵风似的席卷全国，场面沸沸扬扬。九年后，实行的效果如何呢？本片通过记者对大型超市、小区菜市场、普通市民的调查发现，人们对于塑料袋的使用仍然没有达到预想的重视程度。

新媒体展示

使用手机扫描下方二维码，即可观看本条获奖作品的新媒体展示。

获奖理由

这篇评论以"限塑令"实施九年为时间节点，抓住人们普遍关注的问题展开讨论，指出问题并提出警示，是一篇媒体关注社会问题、彰显社会责任的好评论。

转 移

作品信息

作品类型：三等奖·电视专题
刊播单位：江西广播电视台
报送单位：江西省新闻工作者协会
主创人员：杨茜、张帆、邓丽青、王志奇、朱林
作品时长：10分
刊播栏目：卫视频道《社会传真》
首发日期：2016年10月14日

作品简介

为纪念红军长征胜利80周年，2016年10月，江西卫视新闻中心推出了7集特别节目《长征：那些人 那些事》，找寻红军在赣鄱大地留下的足迹，追忆那段峥嵘岁月，此片为开篇之作——《转移》。

获奖理由

本片采访细腻，观察角度别致，在冷静的叙事中积蓄着厚重的情感，以小见大，以点带面，以小故事折射时代大背景，刻画出了战争年代老区人民的无私与奉献。

新媒体展示

使用手机扫描下方二维码，即可观看本条获奖作品的新媒体展示。

和平必胜
——12·13南京大屠杀死难者国家公祭启示

作品信息

作品类型：三等奖·电视专题
刊播单位：南京广播电视台
报送单位：中国传媒大学
主创人员：温庆航、彭硕、孙文川
作品时长：17分32秒
刊播栏目：新闻综合频道《直播南京》
首发日期：2016年12月13日

作品简介

该专题围绕重大主题，层层推进，通过对南京大屠杀幸存者、日本友好团体、国际安全区友好人士后代的采访，阐述了"和平不仅根植于中国人的精神世界中，更是全人类的夙愿"的观点。

新媒体展示

使用手机扫描下方二维码，即可观看本条获奖作品的新媒体展示。

获奖理由

作品主题重大、观点明确、逻辑严密，通过对新闻现场、史实资料的梳理和总结，使"和平必胜"这一主题的阐述层层递进。整体上，作品立意高，论述合理，视听语言的表现手法水准较高。

23年，陈满和他背后的那些人

📧 作品信息

作品类型：三等奖·电视专题
刊播单位：中央电视台
报送单位：重庆大学
主创人员：刘美佳、曾晓蕾、张李彬、常杨、沈晨炜
作品时长：42分
刊播栏目：新闻频道《法治在线》
首发日期：2016年3月2日

💻 作品简介

这期节目讲述了陈满23年中从死缓到无罪的经历。这也是1979年《刑事诉讼法》实施以来，最高人民检察院提出无罪抗诉的第一案。记者的坚持，带来的是节目历史资料的丰富翔实，节目充分体现出电视媒体的优势。

💬 获奖理由

全片围绕"法"这一核心元素，层层推进，既清晰呈现法律要义与法治精神，又体现了法律人、普通人对"法律"的敬畏。作品用生动的视听语言体现了新闻舆论的传播力、引导力、影响力、公信力。

📶 新媒体展示

使用手机扫描下方二维码，即可观看本条获奖作品的新媒体展示。

铁血蓝盔捍国威

作品信息

作品类型：三等奖·电视专题
刊播单位：湖南广播电视台
报送单位：清华大学
主创人员：杨壮、范林、谢伦丁、牟鹏民、
　　　　　游优、李欢
作品时长：29分
刊播栏目：湖南卫视《新闻当事人》
首发日期：2016年7月17日

作品简介

2016年7月10日，中国驻南苏丹维和部队遭遇袭击，造成两名维和战士英勇牺牲，五人受伤。事件发生后，记者深入采访了两名烈士的战友、家人，并且从部队获得遇袭前方第一手视频资料，最终于当周周末成功推出了本期专题节目。

新媒体展示

使用手机扫描下方二维码，即可观看本条获奖作品的新媒体展示。

获奖理由

本节目时效性强，采访深入、艰苦；内容感人，制作精良。节目的选题具有较大的社会意义，且在播出后通过多媒体的立体呈现方式扩大了传播效果，展示了中国维和部队的正面形象。

191 天的牵挂

作品信息

作品类型：三等奖·电视专题
刊播单位：龙口广播电视台
报送单位：个人
主创人员：张大琪、吕忠坤、马晓红、闫士选、张扬
作品时长：42 分 24 秒
刊播栏目：新闻综合频道《民生 365》
首发日期：2016 年 6 月 23 日

龙口电视台

作品简介

王慧是山东龙口的王承业夫妇 10 年前从黑龙江收养的女孩。4 年前，她被查出患有再生障碍性贫血。养父母倾尽所有为其治疗，仍然无济于事。在全社会的共同努力下，191 天后，王慧终于重获新生。

获奖理由

本片坚持"用心灵去倾听、用亲情去叙述、用激情去传播"的理念，通过养父母、新闻媒体、社会大爱三条线索，反映了 191 天里，社会各界做出的巨大努力，让观众深入认识新闻工作者幕后的艰辛和努力，让正能量充满观众的胸膛。

新媒体展示

使用手机扫描下方二维码，即可观看本条获奖作品的新媒体展示。

我和总书记面对面

 作品信息

作品类型：三等奖·电视系列
刊播单位：宁夏广播电视台
报送单位：宁夏回族自治区新闻工作者协会
主创人员：田海波、关楠、李钰、陈建军、宋克亮、
　　　　　雷婷婷、祁鹏、马佳
作品时长：5分4秒
刊播栏目：宁夏公共频道《宁夏新闻联播》
首发日期：2016年7月21日－2016年8月4日

作品简介

2016年7月，正值长征胜利80周年、东西部扶贫协作20周年之际，习近平总书记在宁夏考察期间，先后发表了一系列重要讲话。节目沿着总书记考察的足迹，回访与总书记面对面的亲历者和当事人，讲述了更多不为人知的细节和故事。

新媒体展示

使用手机扫描下方二维码，即可观看本条获奖作品的新媒体展示。

获奖理由

该作品题材重大，时代感和思想性强，表现手法生动，且自然平实，是展现习近平总书记重大调研活动和重要思想内涵的创新性作品。

萨尔布拉克草原上的兵团人家

作品信息

作品类型：三等奖·电视系列
刊播单位：兵团广播电视台
报送单位：新疆生产建设兵团新闻工作者协会
主创人员：许磊、任昱燃、郭惠婷、贺伟、孟凡磊
作品时长：4分58秒
刊播栏目：兵团卫视《兵团新闻联播》
首发日期：2016年7月25日—2016年7月27日

作品简介

新疆兵团人的特殊使命和光荣职责是维稳戍边。兵团九师一六一团老军垦魏德友夫妇52年来默默坚守在环境恶劣的边境无人区，放牧守边。三集系列报道层层深入，娓娓道来，为观众呈现的是满满的感动。

获奖理由

系列报道讲的是老魏叔的故事，实际上讲的也是兵团人、新疆人、中国人的故事，讲的是关于共产党人的传统与信仰的故事。作品主题深刻，人物鲜明，画面生动，文风朴实，具有很强的可看性、新闻性。

新媒体展示

使用手机扫描下方二维码，即可观看本条获奖作品的新媒体展示。

初心璀璨

作品信息

作品类型:三等奖·电视系列
刊播单位:湖南广播电视台
报送单位:湖南省新闻工作者协会
主创人员:杨壮、李越胜、肖永根、戴飞、范林、李欣、刘学波
作品时长:7 分 9 秒
刊播栏目:卫视频道《湖南新闻联播》
首发日期:2016 年 11 月 1 日－2016 年 11 月 7 日

作品简介

习近平总书记在庆祝中国共产党成立 95 周年大会上,10 次提到"不忘初心",频率之高,实属空前。七集报道讲述了七个传承的故事,老中青几代人不仅在事业和技术上进行了接力,更是传递着一种伟大的信念和精神。

新媒体展示

使用手机扫描下方二维码,即可观看本条获奖作品的新媒体展示。

获奖理由

该系列报道紧扣"不忘初心,继续前进"这个主题,选题精当,既有历史的厚重感,又有现实的冲击力。作品语言风格清新质朴,画面大气优美,视觉冲击力强,具有很强的艺术感染力。

脱贫攻坚在阜平

✉ 作品信息

作品类型:三等奖·电视系列
刊播单位:河北广播电视台
报送单位:河北省新闻工作者协会
主创人员:集体
作品时长:6分10秒
刊播栏目:河北卫视《河北新闻联播》
首发日期:2016年5月23日—2016年5月30日

💻 作品简介

为深度报道在习总书记亲切关心下,阜平扶贫开发工作取得的可喜成绩,讲好河北故事,中央电视台经济新闻部和河北广播电视台电视新闻中心组成联合报道组,历时3个月,先后走访干部群众300多人,拍摄新闻素材200多个小时。

💬 获奖理由

区别于传统主题报道的"直述"和"说教",该作品采用纪实手法,以"走基层"的节目表达样态,将脱贫攻坚工作巧妙地附加在一个个具体故事上呈现给观众,以小见大,将黄土一定能变成金的道理点透,可信、可感、可学。

📶 新媒体展示

使用手机扫描下方二维码,即可观看本条获奖作品的新媒体展示。

津彩"一带一路"(柬埔寨)

作品信息

作品类型：三等奖·电视系列
刊播单位：天津广播电视台
报送单位：天津市新闻工作者协会
主创人员：苗立森、高雪纯、毕煌坦
作品时长：6分2秒
刊播栏目：天津卫视《天津新闻》
首发日期：2016年7月18日—2016年7月25日

作品简介

在半个多月的采访中，我国驻柬埔寨大使、经济商务参赞，柬埔寨副总理、发展理事会秘书长以及国务部、旅游部、环境部三位部长，从不同侧面畅谈"一带一路"，从国家层面阐释"一带一路"带来的多方共赢。

新媒体展示

使用手机扫描下方二维码，即可观看本条获奖作品的新媒体展示。

获奖理由

作品关注"一带一路"这一伟大倡议，聚焦"一带一路"上的天津元素，以天津视角，讲好中国故事，展现了天津企业天津人先行先试，在新"丝绸之路"上的创业足迹。

失控的 170 号段

作品信息

作品类型：三等奖·电视系列
刊播单位：中央电视台
报送单位：个人
主创人员：宋小勇、邢逸川、孙熙稳、谢宁、于世强、曾莹、台赛
作品时长：3分31秒
刊播栏目：中央电视台新闻频道《朝闻天下》《新闻直播间》
首发日期：2016年4月3日—2016年5月30日

作品简介

2016年4月3日，记者经过深入暗访采制的《失控的170号段》调查报道在《朝闻天下》首播。节目播出当天就引起社会广泛反响，各大媒体纷纷转载，仅央视新闻客户端当天10小时以内的阅读量就超过40多万人次。

获奖理由

《失控的170号段》系列报道，反映了央视记者敏锐的新闻洞察力、高度的社会责任感。记者从国家电视台的角度，多次深入报道，为完善社会管理、推动社会进步作出了积极贡献，产生了良好的社会影响！

新媒体展示

使用手机扫描下方二维码，即可观看本条获奖作品的新媒体展示。

中关村二小事件：
伤不起的互撕

作品信息

作品类型：三等奖·电视访谈
刊播单位：中国教育电视台
报送单位：中国广播电影电视社会组织联合会
主创人员：邓斌、李红根、王双、俞峰传、亢晓倩、
　　　　　张甜歌
作品时长：26分
刊播栏目：《长安街》
首发日期：2016年12月11日

作品简介

12月9日，"中关村二小霸凌事件"引发社会舆论关注。在舆情发酵的第一时间，《长安街》栏目派出记者前往事发学校采访拍摄，了解相关情况，在掌握了大量的一手素材后，对整个事件进行了梳理，制作了节目小片，为节目提供了大量的评论依据。

新媒体展示

使用手机扫描下方二维码，即可观看本条获奖作品的新媒体展示。

获奖理由

本期节目从教育视角为出发点，以关心孩子健康成长为落脚点，不仅聚焦事件本身，而且剖析事件背后的社会问题根源。访谈部分的问题设计逻辑性强，嘉宾的评述客观公正，分析有深度，是一个高质量的时事评论性节目。

《曹德旺之问 考问中国制造》
之《七十岁 我还很年轻》

作品信息

作品类型：三等奖·电视访谈
刊播单位：上海广播电视台
报送单位：中国广播电影电视社会组织联合会
主创人员：集体
作品时长：26分
刊播栏目：《中国经营者》
首发日期：2016年12月31日

作品简介

2016年11—12月，第一财经在电视、网络、客户端上连续推出首席执行官周健工对福耀玻璃董事长曹德旺的系列独家专访《曹德旺之问 考问中国制造》，引发网络和社会关于中国制造业税负、中美投资环境的大讨论。

获奖理由

第一财经运用全媒优势，正向引导，独家专访节目《曹德旺之问 考问中国制造》理性引导舆论，推进实体经济发展。节目结构清晰，话题层层推进，制作手法多样。

新媒体展示

使用手机扫描下方二维码，即可观看本条获奖作品的新媒体展示。

12月19日
《西藏新闻联播》

作品信息

作品类型:三等奖·电视编排
刊播单位:西藏电视台
报送单位:中国广播电影电视社会组织联合会
主创人员:集体
作品时长:25分
刊播栏目:《西藏新闻联播》
首发日期:2016年12月19日

作品简介

《西藏新闻联播》是西藏卫视一档以时政、动态消息为主的集纳式新闻栏目。《西藏新闻联播》栏目是宣传西藏的主要舆论阵地,属于大型新闻资讯栏目,是广大观众了解西藏的重要窗口。栏目采取日播形式,首播时间19:30,节目时长25分钟。

新媒体展示

使用手机扫描下方二维码,即可观看本条获奖作品的新媒体展示。

获奖理由

整个节目编排巧妙合理、富有变化,信息量大,各版块衔接自然,时政新闻和专栏报道关联性强,新闻内容贴近百姓、接地气,以趣味消息收尾增加了节目的可看性,在同类栏目中让人有耳目一新的感觉。

1月23日《新闻坊》

作品信息

作品类型:三等奖·电视编排
刊播单位:上海广播电视台
报送单位:中国广播电影电视社会组织联合会
主创人员:集体
作品时长:55分
刊播栏目:《新闻坊》
首发日期:2016年1月23日

作品简介

1月23日的《新闻坊》以当天霸王级寒潮对申城的影响和全市上下的应对作为核心新闻点构成特别版面,获得了收视和口碑的双丰收,收视率达6.0%,居上海地区各频道同时段收视首位。

获奖理由

围绕下雪这个自然事件,用"寒潮中家里蹲""寒潮中的温暖""寒潮中的坚守""寒潮中的不便""寒潮中的提醒"五个版块,展示新闻背后的社会价值变化,内容兼具新闻性、贴近性、服务性,十分接地气。

新媒体展示

使用手机扫描下方二维码,即可观看本条获奖作品的新媒体展示。

中国新闻奖

网络类·一等奖

每一名党员都要牢固树立"核心意识"

作品信息

作品类型：一等奖·网络评论
刊播单位：人民网
报送单位：中央网信办网络新闻信息传播局
主创人员：宗国（姜赟）
页面点击量：148 497
首发日期：2016 年 10 月 28 日

作品简介

2016 年 10 月 24 日至 27 日，中共十八届六中全会在京举行。全会明确了习近平总书记的核心地位，正式提出"以习近平同志为核心的党中央"。六中全会闭幕后，人民网编辑第一时间与《人民日报》资深评论员沟通评论方向、行文风格，围绕党员要牢固树立"核心意识"展开评论写作。

获奖理由

作为六中全会闭幕后关于"核心意识"的第一篇网络评论，本文相当准确地阐释了牢固树立"核心意识"的深刻内涵，号召"每一名党员必须牢固树立'核心意识'"，层层深入，画龙点睛，立意高远而又能落地，具有很强的说服力。

新媒体展示

使用手机扫描下方二维码，即可观看本条获奖作品的新媒体展示。

中国一点都不能少

作品信息

作品类型:一等奖·网络专题
刊播单位:人民日报客户端
报送单位:自荐
主创人员:苗苗、郑琪、刘冰、徐丹、李志伟、叶添
页面点击量:312.1万
首发日期:2016年7月12日

作品简介

7月12日"菲律宾南海仲裁案"公布后,人民日报社新媒体中心策划推出"中国一点都不能少"报道专题,以"中国一点都不能少"为报道主题词,以图片、H5动图、海报、文章、视频、九宫格图解等形式,第一时间表达中国态度、中国立场。

新媒体展示

使用手机扫描下方二维码,即可观看本条获奖作品的新媒体展示。

获奖理由

整组策划以"中国一点都不能少"为报道主题词,重视传播节奏和时效性的结合,有力引导了广大网民理性表达爱国热情,传递中国声音,影响力远远突破了网络,也向国内传统媒体、外媒延展,形成2016年的社交媒体传播高峰。

您好,马克思

作品信息

作品类型:一等奖·网络专题
刊播单位:中国青年网
报送单位:中央网信办网络新闻信息传播局
主创人员:集体
页面点击量:4 565 万
首发日期:2016 年 5 月 5 日

作品简介

2016 年 5 月 5 日,马克思诞辰 198 周年当日推出的"您好,马克思"专题分为四屏内容,包括主题鲜明的原创视频、原创报道,和交互性强、表现形式多样的图表、H5、公众号文章等,适合移动端阅读,达到了形式、内容与主题思想的统一。

获奖理由

"您好,马克思"作为中国青年网报送的优秀网络专题,表现形式新颖而且多样化,别出心裁,整个专题符合青年人的阅读习惯,通过年轻人的说法来加深对马克思的印象,使得"青年"特色尤为鲜明。

新媒体展示

使用手机扫描下方二维码,即可观看本条获奖作品的新媒体展示。

一份延续了 68 年的忠诚

作品信息

作品类型：一等奖·网络访谈
刊播单位：求是网
报送单位：中央网信办网络新闻信息传播局
主创人员：周彪、王光煦、王兴、罗杰
页面点击量：254 966
首发日期：2016 年 6 月 28 日

作品简介

该访谈通过发掘新中国成立前夕的入党志愿书，让当事人或亲历者重温红色记忆，以武正锦、张广科、傅平、侯一风等四位老人在解放战争期间视入党志愿书为珍宝的感人故事，表现了老一辈共产党人对党的无限热爱与忠诚，彰显了一代共产党人的理想之光、信仰之美。

新媒体展示

使用手机扫描下方二维码，即可观看本条获奖作品的新媒体展示。

获奖理由

在中国共产党建党 95 周年之际，《我的入党志愿书》微访谈通过挖掘入党志愿书背后的故事，生动展示了老一辈共产党人的理想之光、信仰之美，是一部打动人心的好作品。人物选得准，切入点选得巧，细节抓得好。

网上重走长征路之"征程"
——红军长征全景交互地图

作品信息

作品类型:一等奖·网页设计
刊播单位:新华网
报送单位:中央网信办网络新闻信息传播局
主创人员:集体
页面点击量:1 205万
首发日期:2016年10月21日

作品简介

新华网通过对长征历史背景和整个历程的梳理,对长征相关报道的研究分析,以全景交互地图的融媒体形态进行差异化表达,创新推出红军长征全景地图,让网民在网上身临其境地重走长征路,弘扬长征精神。

获奖理由

该作品页面设计感强,技术创新突出,是一个极具互联网特色的融媒体创新产品。用户可以通过视频穿梭进入长征沿途各点,通过虚拟景观地图感受不同地区的地形和天气特点。此外,作品还融入互动、问答等元素,使用户能更好地体验长征历史、领悟红色精神。

新媒体展示

使用手机扫描下方二维码,即可观看本条获奖作品的新媒体展示。

中国新闻奖

网络类·二等奖

中国女排，
最是精神动人心

📧 作品信息

作品类型：二等奖·网络评论
刊播单位：大众网
报送单位：中央网信办网络新闻信息传
　　　　　播局
主创人员：朱德泉
编　　辑：臧海平
作品字数：967 字
页面点击量：288 326
首发日期：2016 年 8 月 19 日

💻 作品简介

北京时间 2016 年 8 月 19 日上午，中国女排以 3∶1 的战绩淘汰劲旅荷兰队，挺进里约奥运会女排决赛。作者在赛后第一时间迅速对女排精神进行解读和阐释，指出"女排精神又回来了"，"奖牌成色诚可贵，最是精神动人心"。

✉ 获奖理由

重大事件评论及时，把握"时效度"，文字简洁、准确、有力，在共鸣中凝聚共识，起到网络舆论引导作用。该文属于小评论，在不同利益诉求的网民共性感知中落小、落实，在共鸣中凝聚共识，起到很好的舆论引领作用。

📶 新媒体展示

使用手机扫描下方二维码，即可观看本条获奖作品的新媒体展示。

展现大国风范
不妨多一份理解和宽容

 作品信息

作品类型:二等奖·网络评论
刊播单位:浙江在线
报送单位:中央网信办网络新闻信息传播局
主创人员:哲言
编　　辑:王艺
作品字数:1 520
页面点击量:120 881
首发日期:2016 年 8 月 21 日

作品简介

在 G20 杭州峰会开幕前夕,杭州加强了城市安保力量,对一些道路、区域实施了车辆限行、行人限流等措施。与此同时,社会上出现了一些声音,认为峰会安保加强是一种"扰民"行为。对此,本网在第一时间编发了该评论。

新媒体展示

使用手机扫描下方二维码,即可观看本条获奖作品的新媒体展示。

获奖理由

评论在关键时刻,发出关键的声音,有效地引导了舆论,为 G20 峰会顺利召开打造了积极向上的舆论环境。文章观点鲜明、论述新颖、文采斐然。在峰会开幕前最关键时刻,该评论的迅速推出,有效地遏制了网络上不和谐声音的传播,展现了政府对继续加强峰会安保的决心,并震慑了不法分子。

无人区·52载守边人

✉ 作品信息

作品类型：二等奖·网络专题
刊播单位：现代快报网
报送单位：中国传媒大学
主创人员：郑春平、朱俊骏、鹿伟、马晶晶
页面点击量：1 760万（包含页面嵌入H5的跳转量）
首发日期：2016年7月27日

📺 作品简介

2016年7月，现代快报网记者奔赴新疆萨尔布拉克草原，通过10天的深入采访，推出了一则网络新闻H5作品《无人区·52载守边人》，讲述了76岁老人魏德友在中哈边境无人区义务守边52年的故事。

💬 获奖理由

该作品体现真情实感，正面人物报道的事实呈现与情感提升的关系处理得恰到好处，对于社会主义核心价值观的体现和正能量的弘扬具有正面引导作用。作品借助H5的技术形式将传统的摄影图片加以有效组织并成功实现传播效果的最大化。

📶 新媒体展示

使用手机扫描下方二维码，即可观看本条获奖作品的新媒体展示。

从家出发:
习近平总书记的"家国情怀"

作品信息

作品类型:二等奖·网络专题
刊播单位:人民日报客户端
报送单位:暨南大学
主创人员:余荣华、李建广、岳小乔、赵雅娇、熊捷
页面点击量:116.3万
首发日期:2016年12月24日

作品简介

2016年12月12日,习近平总书记亲切会见第一届全国文明家庭代表,并发表重要讲话,为推进家庭文明建设提供了重要遵循。人民日报客户端精心策划,迅速推出重磅新媒体作品《从家出发:习近平总书记的"家国情怀"》。

新媒体展示

使用手机扫描下方二维码,即可观看本条获奖作品的新媒体展示。

获奖理由

该作品主题重大、意义深远,充分反映出习近平重视家风建设,赋予家风建设的时代新内涵,彰显出共产党人的风骨。该专题形式多样、结构清晰、语言生动、感染力强,体现出新闻性、可视性、艺术性与人文关怀的高度统一。

中国方案 G 动全球

 作品信息

作品类型:二等奖·网络访谈
刊播单位:央视网
报送单位:中央网信办网络新闻信息传播局
主创人员:罗琴、魏驱虎、唐晓艳、兰军、曹煊一、张土昌
页面点击量:1 000 万
首发日期:2016 年 9 月 4 日

作品简介

央视网 G20 峰会特别策划访谈类节目《中国方案 G 动全球》,聚焦"构建创新、活力、联动、包容的世界经济"主题,将"20 国 20 人"的概念引入节目,打造了宣传、解读习近平总书记峰会开幕式重要讲话的"互动场"。

获奖理由

跨文化的全球互动、视频交互与移动直播技术的深度结合,使得报道跨越时空,在内容和形式上都体现了 G20 杭州峰会"创新、活力、联动、包容"的主旨。

新媒体展示

使用手机扫描下方二维码,即可观看本条获奖作品的新媒体展示。

"中国扶贫第一村"
赤溪村的幸福嬗变

作品信息

作品类型:二等奖·网络访谈
刊播单位:人民网
报送单位:中央网信办网络新闻信息传播局
主创人员:何晶茹、王喆、黄玉琦、李慧
页面点击量:170万
首发日期:2016年6月22日

作品简介

该作品选取样本典型,访谈有观点、有深度,互动性强,为中国特色扶贫开发提供了有益借鉴,是一则优秀的访谈作品。该访谈既有对福建赤溪村脱贫攻坚的个体分析,也有对中国整个农村脱贫攻坚总体趋势的观照,力争为中国特色扶贫开发道路提供可供遵循的经验和借鉴。

新媒体展示

使用手机扫描下方二维码,即可观看本条获奖作品的新媒体展示。

获奖理由

人民日报社高度重视,周密策划,紧跟时事热点。访谈嘉宾为新闻事件的当事人,访谈问题的设置针对性强,访谈内容有故事、有观点、有深度,全方位、多媒体、多渠道推广,网友积极参与引发强烈反响。

快听！习近平通过人民日报客户端向你发来元宵节问候

作品信息

作品类型：二等奖·网页设计
刊播单位：人民日报客户端
报送单位：中央网信办网络新闻信息传播局
主创人员：余荣华、陈仁泽、赵明琪、刘赫、刘鹏、赵赛、刘磊
页面点击量：2.59亿
首发日期：2016年2月19日

作品简介

2016年2月19日，习近平总书记到人民日报社新媒体中心调研时，人民日报客户端策划推出"习近平总书记通过人民日报客户端送出元宵节祝福"的融媒体产品。该产品设计为"总书记来电"的创意H5形式，提前完成了页面框架制作，由总书记参与制作，在现场录制音频，并亲自点击上线发布。

获奖理由

该作品小巧灵动，创意新颖，"总书记来电"这种形式很有亲和力，有效拉近了总书记与网民的距离，巨大的网络点击量也印证了广泛的影响和显著的传播效果。

新媒体展示

使用手机扫描下方二维码，即可观看本条获奖作品的新媒体展示。

中国新闻奖

网络类·三等奖

山西屯留：欠公众一个说法

作品信息

作品类型：三等奖·网络评论
刊播单位：果实网
报送单位：中央网信办网络新闻信息传播局
主创人员：邓斌
页面点击量：9.8万
首发日期：2016年10月15日

作品简介

2016年10月15日晚间，新闻政论节目《长安街》播出了专题评论《山西屯留：欠公众一个说法》。21点节目结束后，中国教育网络电视台第一时间刊发"长安街时评"《山西屯留：欠公众一个说法》。

获奖理由

聚焦热点，关注事件背后的问题，有及时性，也有针对性，正面引导舆论，内容有理有据，文字精练，具有社会影响力。

新媒体展示

使用手机扫描下方二维码，即可观看本条获奖作品的新媒体展示。

一条天路，一个梦想
——藏族"愚公"斯那定珠传奇

作品信息

作品类型：三等奖·网络专题
刊播单位：新华网、新华社客户端
报送单位：个人
主创人员：唐卫彬、钱彤、王长山、侯文坤、蔺以光、杨牧源
页面点击量：约150万（含各端口点击量）
首发日期：2016年5月18日

作品简介

报道团队多次下采访一线，来到村民家里，走进斯那定珠老宅，扎实深入采访，细致观察现场，留意人物的一个动作、一个眼神、一句话。同时，采访过程中，技术团队采用VR技术记录现场，后期将这些细节转化为可视化的报道。

新媒体展示

使用手机扫描下方二维码，即可观看本条获奖作品的新媒体展示。

获奖理由

这组报道包括文字、图片、视频等传统报道形式，也有为微博、微信、网络等"量身定制"的VR全景等新媒体报道方式，让受众更好地体验新闻信息产品形成、制作、传播和分享的过程，体现了受众的主体地位，受众互动和参与感强。

办好 G20 当好东道主
——全媒体直通 G20 杭州峰会

📧 作品信息

作品类型:三等奖·网络专题
刊播单位:新蓝网
报送单位:中央网信办网络新闻信息传
　　　　　播局
主创人员:集体
页面点击量:约 1000 万
首发日期:2016 年 6 月 1 日

💻 作品简介

该专题全面实现全媒体融合联动,相互借力,相互推广,共同在网络上唱响浙江广电好声音。如浙江卫视的《G20 畅想》,从各路记者奔赴各国采访开始,就做好系列预热报道,并在最终的专题中予以充分展现。

💬 获奖理由

新蓝网刊播的"办好 G20 当好东道主"专题内容非常详尽,信息完备,表现形式多样,充分利用了图、文、视频,包括 VR 在内的多种表现形式,飘窗悬浮气球的设计代入感强,网友参与的积极性高。

📶 新媒体展示

使用手机扫描下方二维码,即可观看本条获奖作品的新媒体展示。

不忘初心 砥柱中流
——2016 湖北抗洪救灾实录

作品信息

作品类型：三等奖·网络专题
刊播单位：湖北网络广播电视台（长江云）
报送单位：中央网信办网络新闻信息传播局
主创人员：集体
页面点击量：2亿
首发日期：2016年7月15日

作品简介

2016年夏，长江流域遭遇强降雨。该作品通过全媒体直播、VR航拍、沙画、歌曲等多样化传播形式，推出了抗洪沙画视频《不忘初心 砥柱中流》等多个现象级创意产品，充分展现了湖北军民团结奋战、不忘初心的精神。

新媒体展示

使用手机扫描下方二维码，即可观看本条获奖作品的新媒体展示。

获奖理由

该专题抗洪沙画的表现形式别出心裁，弹幕的使用体现了专题表现形式的多样化，也更易于为年轻人所接受，是本专题的一大亮点。抗洪主题鲜明，积极向上，是一个不可多得的好专题。

先烈不容亵渎 正义从不缺席
——加多宝侮辱邱少云案全追踪

作品信息

作品类型：三等奖·网络专题
刊播单位：华龙网
报送单位：重庆大学
主创人员：李斌、周秋含、张一叶（张勇）、
　　　　　康延芳、黄宇、袁佳莹
页面点击量：125万
首发日期：2016年9月20日

作品简介

此专题报道，是针对网上污化革命先烈行为的一次媒体"亮剑"行动。对该专题报道，《人民日报》内参作了专题刊发。该事件还入围"2016年推动法治进程十大案件"。

获奖理由

该专题综合运用图片、文字、Flash等多媒体手段和多种新闻体裁，多角度、全方位地呈现事件经过，注重网络舆论互动，达到内容、形式与主题思想的统一，取得了良好效果。

新媒体展示

使用手机扫描下方二维码，即可观看本条获奖作品的新媒体展示。

回　家

作品信息

作品类型：三等奖·网络访谈
刊播单位：大众网
报送单位：中央网信办网络新闻信息传
　　　　　播局
主创人员：朱德泉、李冉、樊思思、亓翔、
　　　　　刘琛、王雅淇
页面点击量：93万
首发日期：2016年11月18日

作品简介

2016年7月，"感动中国"人物"台湾老兵"高秉涵携家眷返乡寻根，大众网记者全程跟踪采访，以"慢直播"形式原生态记录全程，并对高秉涵进行了专访。访谈主题深刻厚重，内容丰富立体，制作精良，充分体现了融媒体表达的优势。

新媒体展示　　获奖理由

使用手机扫描下方二维码，即可观看本条获奖作品的新媒体展示。

该作品既立意高远又接地气，采访扎实，表现形式丰富，用血浓于水的故事抨击"台独"，体现家国情怀，是一件优秀的访谈作品。

Outsiders' Perspective: How Others See South China Sea
(外国人如何看待南海问题)

📧 作品信息

作品类型:三等奖·网络访谈
刊播单位:中国日报网
报送单位:中央网信办网络新闻信息传播局
主创人员:邢旭东、王雨曦、李秀鹏
页面点击量:373 万
首发日期:2016 年 7 月 11 日

💻 作品简介

在菲律宾"南海仲裁案"结果宣布前一天,中国日报网向全球网友推出了这一视频访谈。视频采访了来自美国、英国和澳大利亚等国家的 7 名网友,从多个角度对南海问题作出判断和分析,表达了对中国政府立场的坚决支持。

💬 获奖理由

充分利用网络民意,尤其是美、英、澳等国网民的声音,就所谓的菲律宾"南海仲裁案"发表意见,内容丰富,形式生动,传播效果显著,为我国政府处理南海纠纷赢得了舆论空间。

📡 新媒体展示

使用手机扫描下方二维码,即可观看本条获奖作品的新媒体展示。

"不忘初心——纪念建党95周年"系列网络对话

作品信息

作品类型：三等奖·网络访谈
刊播单位：中国江苏网
报送单位：个人
主创人员：集体
页面点击量：230万
首发日期：2016年8月5日

作品简介

为纪念建党95周年，中国江苏网策划推出了"不忘初心"系列网络对话。访谈通过与上海、延安、井冈山等革命圣地的专家学者对话，以跨地域网络访谈形式生动呈现了中国共产党人为实现民族解放、民族振兴不懈努力的生动画卷。

新媒体展示

使用手机扫描下方二维码，即可观看本条获奖作品的新媒体展示。

获奖理由

网络对话通过专题形式呈现，并在访谈时插入相关的新闻背景资料，既对访谈内容进行了总结概括，又对主题思想进行了提炼和升华，丰富了报道形式。网络对话视角接地气，访谈互动性强。

溜索法官

 作品信息

作品类型：三等奖·网络访谈
刊播单位：华龙网
报送单位：中央网信办网络新闻信息传播局
主创人员：李斌、周秋含、张一叶（张勇）、康延芳、林楠、李力
页面点击量：15.411万
首发日期：2016年12月26日

作品简介

依法治国离不开法治人的作为、努力和付出，该网络访谈正是对准了这样一个特殊的群体——以危险的"溜索"作为交通工具，以田间院坝为普法阵地，长期行走在基层，为普法默默奉献的青年法官。

获奖理由

该作品选材角度独特，采访深入基层，有血肉有温度，弘扬了基层法治的正能量，是一则优秀的网络访谈作品。该访谈是在党的十八届四中全会召开后，全面推进依法治国背景下，关于基层法治建设的一次有深度、有重要意义的"对话"，关注度高，具有话题性，有鲜明的时代特征。

新媒体展示

使用手机扫描下方二维码，即可观看本条获奖作品的新媒体展示。

天津历史风貌街区保护项目首获詹天佑奖

作品信息

作品类型：三等奖·网络访谈
刊播单位：北方网
报送单位：中央网信办网络新闻信息传播局
主创人员：集体
页面点击量：396.8万
首发日期：2016年5月23日

作品简介

北方网用近一个月的时间深入五大道地区调研、采访、拍摄，探访数十幢历史建筑，拍摄了图片、VR视频、无人机视频等素材，经过精心的后期制作，充分利用手绘艺术、多媒体交互设计和H5网页制作技术，打造了此作品。

新媒体展示

使用手机扫描下方二维码，即可观看本条获奖作品的新媒体展示。

获奖理由

该作品采用水墨画风格，以画卷的形式来展现天津历史风貌建筑。在表现形式上，作品运用文字、图片、音频、视频、航拍、VR等形态，给用户带来丰富的感官体验。此外，作品内容丰富、资料翔实，具有较强的可读性和资料性。

日出东方
——庆祝中国共产党成立95周年

 作品信息

作品类型：三等奖·网络访谈
刊播单位：东方网
报送单位：中央网信办网络新闻信息传播局
主创人员：集体
页面点击量：42.1万
首发日期：2016年5月27日

作品简介

为庆祝中国共产党成立95周年，东方网以"日出东方"为题推出该专题。以"上海是中国共产党诞生地"为切入点，通过大量翔实的图文资料、逻辑性论证以及适合年轻人的表达方式，批判历史虚无主义，传播正确的历史观。

获奖理由

该作品逻辑清晰，设计感强，阅读体验流畅，具有较强的海派特色。该作品用丰富的史料证明了中国共产党在20世纪20年代的上海孕育和诞生不是偶然的，上海作为近代中国最发达的工商业城市，其独特的区位优势具备了中共诞生所需的一切主客观条件。

新媒体展示

使用手机扫描下方二维码，即可观看本条获奖作品的新媒体展示。

中国新闻奖

综合类·特等奖

新华全媒头条

作品信息

作品类型：特别奖·新闻专栏
刊播单位：新华通讯社
报送单位：中国报纸副刊研究会
主创人员：集体
刊登周期：每周7期
创办日期：2014年12月31日

作品简介

《新华全媒头条》旨在整合新华社资源，围绕重大主题、话题、热点新闻确定选题，按照传统线路和新媒体终端的传播要求，在同一主题下分类采写、适配制作、多元发布，形成全媒体合力，打造体现新华社品格力量、具有全媒体报道特点的多媒体报道。

获奖理由

《新华全媒头条》以全媒体的形态进行全面呈现，大处着眼，立意高，站位高。特别是全面围绕党的十八大以来，党中央治国理政的新实践、新成就，深度挖掘、全面呈现，角度新、内容实，传统媒体、新兴媒介同步筹划、同步实施，形成传播强势。

新媒体展示

使用手机扫描下方二维码，即可观看本条获奖作品的新媒体展示。

中国新闻奖

综合类·一等奖

投桃报李

作品信息

作品类型:一等奖·新闻漫画
刊播单位:求是网
报送单位:中国新闻漫画研究会
主创人员:孙宝欣
编　　辑:徐辉冠
刊播版面:求是漫评
首发日期:2016年9月19日

作品简介

辽宁贿选案影响巨大,对政府的选举公信力产生破坏性影响。票箱的开口和投票人变成存钱罐的后背开口所表达的含义一目了然,令人深思。漫画构思巧妙、有趣,漫画传达的内涵令人回味无穷。

获奖理由

贿选案对政府选举公信力产生巨大的破坏影响,漫画家用生动的漫画语言,巧妙地传递出本案的灰色影响,令人回味无穷。

新媒体展示

使用手机扫描下方二维码,即可观看本条获奖作品的新媒体展示。

人民眼

作品信息

作品类型:一等奖·新闻名专栏
刊播单位:《人民日报》
报送单位:中国报纸副刊研究会
主创人员:张忠、牛一兵、费伟伟、王斌来、禹伟良、孔祥武
刊播版面:记者调查版
创办日期:2015年1月9日

作品简介

人民日报社于2015年1月创办记者调查版,统筹资源打造深度报道专栏《人民眼》。该专栏以"顶天立地研究问题""吃透两头讲好故事"为遵循,以推出有思想、有温度、有品质的重磅作品为旨归,是人民日报社在新的媒体格局中推出的新闻报道"重武器"。

新媒体展示

使用手机扫描下方二维码,即可观看本条获奖作品的新媒体展示。

获奖理由

《人民眼》报道主题选择准确,具有较强的现实针对性;采访深入,写作扎实;文风清新,语言表达既有贴近性又有逻辑性,形成鲜明的风格,具有比较高的识别度。

长安观察

作品信息

作品类型:一等奖·新闻名专栏
刊播单位:《北京日报》
报送单位:中国报纸副刊研究会
主创人员:毛晓刚、张砥、汤华臻、胡宇齐、崔文佳、范荣
刊播版面:3版
创办日期:2008年3月2日

作品简介

《长安观察》是《北京日报》新闻时事评论专栏,固定在本报评论版"七日谈"头条位置刊发,围绕新近国内国际大事要事和社会热点焦点问题设置选题、阐发议论,是《北京日报》唱响主旋律、传递正能量的舆论高地。

获奖理由

作为地方媒体的时事评论专栏,《长安观察》视野宏阔,捕捉国内外大事要事和社会的热点焦点,大胆发声,站位高、解析深、文字精,富有建设性,堪称有思想、有温度、有品质的优秀专栏。

新媒体展示

使用手机扫描下方二维码,即可观看本条获奖作品的新媒体展示。

之江观察

作品信息

作品类型:一等奖·新闻名专栏
刊播单位:《浙江日报》
报送单位:中国报纸副刊研究会
主创人员:谢正法、张永贵、王玉宝、杜博
刊播版面:4版或5版
创办日期:2013年1月24日

作品简介

《之江观察》栏目刊发于《浙江日报》4版或5版"时评"版头条位置,专栏定位为政经大报的拳头评论产品。作品形式有两种,一是围绕某一重大主题,以多篇评论进行组合式主题评论;二是以"时评"版头条形式单篇呈现。

新媒体展示

使用手机扫描下方二维码,即可观看本条获奖作品的新媒体展示。

获奖理由

栏目定位准确,风格鲜明;紧扣热点,服务大局;文字干净,文风朴实。文章有较强的舆论引导能力,着眼于引领热点舆论、弘扬主旋律,符合在新时期提升党媒舆论引导力、影响力、权威性的改革要求。

逐梦他乡重庆人

 作品信息

作品类型:一等奖·新闻名专栏
刊播单位:《重庆日报》
报送单位:中国报纸副刊研究会
主创人员:集体
刊播版面:3 版或 4 版
创办日期:2015 年 6 月 18 日

作品简介

《逐梦他乡重庆人》是近两年《重庆日报》一档大型、系列报道栏目。栏目定位于"他乡"有积极的榜样作用的"重庆人",在报道追踪他们梦想践行的故事中,展现了个人梦与国家梦的交汇。

获奖理由

该专栏采访全面扎实、文风朴实生动、人物励志感人,揭示出了逐梦他乡的重庆人如何将个人梦想与伟大中国梦相结合的感人故事,展示出了他们坚守中华传统美德、为个人梦想及家乡发展和国家富强作出的精彩贡献。

新媒体展示

使用手机扫描下方二维码,即可观看本条获奖作品的新媒体展示。

新闻和报纸摘要

作品信息

作品类型:一等奖·新闻名专栏
刊播单位:中央人民广播电台
报送单位:中国广播电影电视社会组织联合会
主创人员:集体
刊播频道:中国之声
创办日期:1950年4月10日

作品简介

有着67年历史的《新闻和报纸摘要》是中央人民广播电台的旗帜性栏目,是国内历史最悠久、影响最大的广播时政新闻栏目,在全国新闻界享有较高的声望,拥有巨大的号召力,固定听众可以亿计。

新媒体展示

使用手机扫描下方二维码,即可观看本条获奖作品的新媒体展示。

获奖理由

《新闻和报纸摘要》作为中央人民广播电台的名牌栏目,历史悠久,影响深远。2016年,该栏目尊重新闻传播规律,创新方法手段,通过一系列改版,强化了中央媒体的职责与使命,收听率、市场占有率及社会反响均实现了历史突破。

Studio+脉动中国

作品信息

作品类型:一等奖·新闻名专栏
刊播单位:中国国际广播电台
报送单位:个人
主创人员:集体
刊播频道:英语环球广播
创办日期:2006年12月1日

作品简介

《Studio+脉动中国》是国际台英语广播一档海外落地直播栏目。该栏目定位为新闻杂志类节目,主旨是向国外受众全面介绍中国社会和文化。栏目内容丰富,有很强的对外性,是外国受众了解中国社会非常好的窗口。

获奖理由

《Studio+脉动中国》对于中国社会及文化的呈现手法多样,载体丰富,个性鲜明,以小见大,具有较大的国际社会影响力。节目一中一外的主持人搭配让语言更加丰富,视角更加多元,通过潜移默化的方式,让听众产生共鸣。

新媒体展示

使用手机扫描下方二维码,即可观看本条获奖作品的新媒体展示。

海峡两岸

作品信息

作品类型:一等奖·新闻名专栏
刊播单位:中央电视台
报送单位:中国广播电影电视社会组织联合会
主创人员:集体
刊播频道:中文国际
创办日期:1997 年 10 月 1 日

作品简介

《海峡两岸》是中央电视台唯一一档涉台新闻评论类栏目,节目宗旨是"跟踪海峡热点,反映两岸民意"。节目分为"热点扫描"与"热点透视"两个部分。一方面全面报道两岸交流交往当中的重大事件;另一方面,与台湾媒体卫星连线进行演播室访谈。

新媒体展示

使用手机扫描下方二维码,即可观看本条获奖作品的新媒体展示。

获奖理由

作为中央电视台唯一一档涉台评论栏目,节目始终"跟踪海峡热点,反映两岸民意",发挥了中央对台工作宣传平台的重要作用。节目采用了卫星连线、专家点评等方式,形式丰富,内容翔实,成为观众了解两岸时事发展的"第一渠道"。

新闻大求真

作品信息

作品类型:一等奖·新闻名专栏
刊播单位:湖南广播电视台
报送单位:四川大学
主创人员:集体
刊播频道:湖南卫视
创办日期:2012 年 7 月 4 日

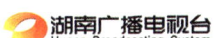

作品简介

湖南卫视《新闻大求真》是国内第一档科普类电视日播节目,主要面向青少年普及科学知识。节目关注新闻热点、聚焦网络传言、整合科学资源、以科学实验的方式进行求证,去伪存真,向青少年传播科学知识和理念。

获奖理由

作为新闻类传言求证节目,《新闻大求真》体现了电视节目"以事实说话""用新闻求真"的传播力和影响力。该节目在编排与制播中融入新闻元素,针对谣言、传言解疑释惑,不仅进行科普宣传,还育化了公众的媒介素养,体现了公信力和创新力。

新媒体展示

使用手机扫描下方二维码,即可观看本条获奖作品的新媒体展示。

学习进行时

作品信息

作品类型:一等奖·新闻名专栏
刊播单位:新华网
报送单位:中央网信办网络新闻信息传播局
主创人员:集体
刊播频道:时政频道
创办日期:2014年12月22日

作品简介

大型融媒体专栏《学习进行时》是新华网宣传报道习近平总书记治国理政新理念新思想新战略的主要网上平台,上线至今,专栏持续推出原创权威解读,有效引领网上舆论,受到各界广泛赞誉。

新媒体展示

使用手机扫描下方二维码,即可观看本条获奖作品的新媒体展示。

获奖理由

该专栏顺应新闻传播趋势和媒体融合发展布局,关注原创数量,注重原创作品品质,对习总书记的重要活动及讲话精神进行了高效务实的解读,表现形式多样,且让受众一目了然,改变了人们对传统政治新闻的固有印象。

问政湖南

作品信息

作品类型:一等奖·新闻名专栏
刊播单位:红网
报送单位:中央网信办网络新闻信息传播局
主创人员:舒斌、肖雄、李洁、肖凤姿
刊播频道:新闻频道
创办日期:2011年2月1日

作品简介

《问政湖南》栏目是湖南第一个官民可以直接互动的网络问政平台,是湖南各级领导干部通过互联网践行党的群众路线的主平台、主阵地。栏目坚持正确的舆论导向和社会主义核心价值取向,真诚为人民群众办实事。

获奖理由

《问政湖南》栏目以"互联网+群众工作"的方式,为湖南老百姓解决了大量问题,成为湖南网上群众工作的主阵地,实现了党和政府与人民群众在互联网上的良性互动,让党的群众路线更贴近群众,传播了正能量。

新媒体展示

使用手机扫描下方二维码,即可观看本条获奖作品的新媒体展示。

把握好政治家办报的时代要求

作品信息

作品类型：一等奖·新闻论文
刊播单位：《人民日报》
报送单位：《人民日报》
主创人员：杨振武
刊播版面：理论版 07
首发日期：2016 年 3 月 21 日

作品简介

文章从守好舆论这个阵地、坚持正确政治方向、过好互联网这一关、用好创新这个引擎、讲述好中国故事等五个方面，对习近平同志关于新形势下如何坚持政治家办报的思想进行了全面而深入的阐释。

新媒体展示

使用手机扫描下方二维码，即可观看本条获奖作品的新媒体展示。

获奖理由

该文深刻领会和全面体现习近平总书记在党的新闻舆论工作座谈会上的重要讲话精神，同时紧密联系人民日报社及整个党的新闻舆论工作的实际，既有深刻的理论内涵，又体现出鲜明的问题导向和现实针对性。

始终坚守军报姓党的政治灵魂

作品信息

作品类型：一等奖·新闻论文
刊播单位：《军事记者》
报送单位：中央军委政治工作部宣传局
主创人员：李秀宝、孙继炼
刊播版面：特稿 4—6
首发日期：2016 年 4 月 1 日

军事记者

作品简介

2016 年初，习近平总书记到人民日报社、新华社、中央电视台实地调研，并在党的新闻舆论工作座谈会上发表重要讲话。本文作者通过认真学习总书记这次重要讲话精神，围绕军队媒体如何始终坚守军报姓党的政治灵魂，提出了独到的见解。

获奖理由

此文发表及时、理论价值高、指导性强，对新闻界尤其是军队新闻工作者深入学习贯彻习总书记重要讲话精神，推进改革强军目标下的军事新闻事业的发展，具有重要的指导意义。

新媒体展示

使用手机扫描下方二维码，即可观看本条获奖作品的新媒体展示。

普京期待打造更紧密俄中伙伴关系

✉ 作品信息

作品类型:一等奖·国际传播
刊播单位:新华通讯社
报送单位:新华通讯社
主创人员:蔡名照
刊播版面:通稿
首发日期:2016年6月23日

作品简介

2016年6月,新华社社长蔡名照在圣彼得堡独家专访俄罗斯总统普京。这是中国国家通讯社社长首次对话联合国安理会常任理事国元首,也是中国媒体首次对俄罗斯总统进行全媒独家专访,实现了中国在国际传播领域的关键突破。

新媒体展示

使用手机扫描下方二维码,即可观看本条获奖作品的新媒体展示。

获奖理由

借嘴说话是国际传播的有效方式,高端访谈的传播实效更为突出。此次专访普京不仅代表了中国国际传播能力建设进程中的一次重要突破,而且体现了中国媒体对巩固中俄全面战略协作伙伴关系的舆论担当,堪称媒体外交和高端访谈双料典范。

我们的《更路簿》
——三沙属于中国的历史证据

作品信息

作品类型:一等奖·国际传播
刊播单位:海南省广播电视总台
报送单位:海南省新闻工作者协会
主创人员:孔德明、叶明、杨全、李柳青、
　　　　　杨昊霖、王文心
刊播频道:三沙卫视
首发日期:2016年6月29日

作品简介

此片通过解析《更路簿》,循着历史的遗迹,让老渔民们结合当年记忆,让观众了解中国的祖宗海,证明中国是最早发现、最早命名、最早经营、最早持续不断地行政管辖南海的事实。

获奖理由

该片在此特殊时刻播出,具有正本清源的意义,翻译成多国语言播出,有利于进行对外宣传,以正视听,因为《更路簿》实际上是中国人民开发经营南海诸岛及其海域一个很重要的证据。该片意义重大,制作精细,传播效果好,是一则有影响力的境外宣传作品。

新媒体展示

使用手机扫描下方二维码,即可观看本条获奖作品的新媒体展示。

锦绣记

 作品信息

作品类型:一等奖·国际传播
刊播单位:中央电视台
报送单位:中国社会科学院新闻与传播研究所
主创人员:集体
刊播栏目:中文国际频道特别节目
首发日期:2016 年 12 月 27 日

作品简介

节目通过在全国范围内选取具有代表性的丝织技艺和传承人,讲述他们的故事,展现了多姿多彩的蚕桑技艺和丝绸文化,突显了当代中国人对自然的尊重、对传统技艺的传承和创新、对美好生活的向往和追求。

新媒体展示

使用手机扫描下方二维码,即可观看本条获奖作品的新媒体展示。

获奖理由

该节目深入民间,深入基层,用讲故事的方式,展示了中国悠久灿烂的蚕桑技艺和丝绸文化,将这一优秀传统文化推上世界舞台。节目播出后获得了广泛的社会赞誉,也完成了一次出色的国际传播。

东京审判

作品信息

作品类型：一等奖·国际传播
刊播单位：上海广播电视台
报送单位：上海市新闻工作者协会
主创人员：朱晓茜、陈亦楠、敖雪、王硕、
　　　　　俞洁
刊播栏目：外语频道特别版面
首发日期：2016 年 12 月 13 日

作品简介

东京审判开庭 70 周年之际，上海广播电视台推出一系列纪录片《东京审判》。该系列节目在采集国内外独家罕见影像资料的基础上，走访中美日德专家、亲历者及后人，以翔实的镜头语言力证东京审判是一场文明的、正义的、公正的审判。

获奖理由

该系列以上海交通大学东京审判研究中心为学术依托，围绕最新的学术研究、文献和证据，独家展现了海内外罕见影像资料。节目一经播出，即在国内外引起强烈反响，取得很好的口碑，是一部经得起考验的学术和电视作品。

新媒体展示

使用手机扫描下方二维码，即可观看本条获奖作品的新媒体展示。

外国漫画家手绘北京

作品信息

作品类型：一等奖·国际传播
刊播单位：千龙网
报送单位：中央网信办网络新闻信息传播局
主创人员：杨明星、许颖、陈源、李嵩、路松
页面点击量：320万
首发日期：2016年4月28日

作品简介

"'1＋1'手绘京城·外国漫画家画北京"活动由北京市政府新闻办公室主办，邀请十位外国漫画家和十位中国漫画家"1＋1"结对手绘京城。千龙网开设《外国漫画家手绘北京》专题，对本次活动进行了全方位跟踪报道，相关内容在境外社交媒体广泛传播。

新媒体展示

使用手机扫描下方二维码，即可观看本条获奖作品的新媒体展示。

获奖理由

该专题页面风格简洁清新，并与漫画主题呼应，呈现出中外漫画家对中国传统文化的不同理解。作品利用艺术家、艺术作品的影响力，打造融通中外的中国表达，是创新对外传播方式、探索对外话语体系的一次有益尝试。

从广东制造到广东智造

📧 作品信息

作品类型：一等奖·国际传播
刊播单位：广东广播电视台
报送单位：广东省新闻工作者协会
主创人员：郑韵、Harry Harding、薛晖
作品时长：10分59秒
刊播栏目：南粤之声 FM105.7《今日广东》
首发日期：2016年12月17日

💡 作品简介

在东莞考察广东欧珀移动通信有限公司时，李克强对企业推动转型升级、从过去主要代工制造到现在拥有数百项发明专利和成为知名品牌表示肯定。记者及时赶制出新闻稿件，在当天《全市新闻联播》中播出。

💬 获奖理由

为了讲好中国故事，唱响广东创新，节目组精心策划了《从广东制造到广东智造——广东创新在澳洲》系列报道，派出团队赴澳洲采访，并与澳大利亚广播公司 ABC 合作，借力增强报道的国际传播力。

📶 新媒体展示

使用手机扫描下方二维码，即可观看本条获奖作品的新媒体展示。

中国新闻奖

综合类·二等奖

综合类·二等奖

无罪之后

作品信息

作品类型：二等奖·新闻摄影
刊播单位：澎湃新闻网
报送单位：中国新闻摄影学会
主创人员：谢匡时
编　　辑：文若愚
幅　　数：单幅
首发日期：2016年12月2日

作品简介

作品记录了最高法宣判聂树斌案无罪之后聂父和聂姐放声大哭那最关键的一帧画面,这关键的一瞬间也成为聂树斌案无罪的象征性照片,并在媒体和社交网络上被大量转载传播。

获奖理由

这张照片准确地记录了聂案改判无罪之后聂家人的状态。照片抓住了决定性瞬间,展现了人物情绪巅峰的状态,让迟到的正义和这个瞬间一起呈现给世人,这就是这幅作品最直接也最深刻的意义。

新媒体展示

使用手机扫描下方二维码,即可观看本条获奖作品的新媒体展示。

中国女排时隔12年再夺奥运冠军

作品信息

作品类型:二等奖·新闻摄影
刊播单位:新华通讯社
报送单位:中国新闻摄影学会
主创人员:集体
幅　　数:8
首发日期:2016年8月20日

作品简介

这组组照涵盖了中国女排夺冠比赛精彩瞬间、夺冠赛场情景、队员教练激情流露瞬间特写,是一组精美、耐看、有感情、有内涵的照片。摄影者运用镜头语言娴熟,抢抓瞬间到位,完整展现了这一重大体育赛事新闻扣人心弦的过程。

新媒体展示

使用手机扫描下方二维码,即可观看本条获奖作品的新媒体展示。

获奖理由

这8张照片记录下中国女排奥运夺冠的辉煌时刻,成为2016年中国体坛最难以抹去的印记。瞬间即永恒,这组有力度、有温度的组照精准诠释了中国"女排精神"。

触目惊心！2万多吨垃圾跨省非法倾倒苏州太湖边

作品信息

作品类型：二等奖·新闻摄影
刊播单位：苏州新闻网
报送单位：中国新闻摄影学会
主创人员：王小兵
编　　辑：沈玲、施惠
幅　　数：8
首发日期：2016年12月12日

作品简介

在全社会保护太湖之际，一些不法分子为了一己私利竟然把2万多吨垃圾从上海运到苏州太湖边倾倒，给周边生态环境造成了严重污染。这组触目惊心的现场照片，将读者带到案发现场，让读者与记者一起考察场景、捕捉细节、目击过程、挖掘背景。

获奖理由

本组照片故事叙述完整，镜头俯仰角度恰当，作者充分运用画面的形象语言，对事件关键性的新闻要素给予了恰当的张扬，因而形成了强烈的视觉冲击力和传播穿透力，是新闻摄影界近年来少见的环保题材佳作。

新媒体展示

使用手机扫描下方二维码，即可观看本条获奖作品的新媒体展示。

G20，华美天城待客来

作品信息

作品类型：二等奖·新闻摄影
刊播单位：《浙江日报》
报送单位：中国新闻摄影学会
主创人员：集体
编　　辑：金振东
幅　　数：8
刊播版面：映象杭州 4
首发日期：2016 年 5 月 2 日

作品简介

绝美之城，惊艳非因光色颜值，而在于它所承载的历史和文化，以及所昭示的未来。G20 使杭州成为举世焦点，文明古都就这样被全球的目光烧灼得发烫。记者的"天空之眼"全方位地展现了这个城市的华彩盛典。

新媒体展示

使用手机扫描下方二维码，即可观看本条获奖作品的新媒体展示。

获奖理由

记者用手中的镜头，通过一张张精美的新闻图片，充分展示了杭州"精致和谐、大气开放"的城市气质。从西湖之夜到运河夜色，从钱江新城到焕然一新的入城口，从西湖音乐喷泉到城市灯光秀，照片向中外嘉宾全面呈现了历史与现实交汇的独特韵味和别样精彩。

我们村里的年轻人

 作品信息

作品类型:二等奖·新闻漫画
刊播单位:《洛阳日报》
报送单位:中国新闻漫画研究会
主创人员:邸天行
编　　辑:焦雅琦
刊播版面:C08
首发日期:2016年12月12日

作品简介

在农村,多数年轻人都去城里打工了,留下白发苍苍的老人下地种田,偶尔会有年轻人,也是丧失劳动力的。画面中,两代人眼神交汇,形成了鲜明对比,流露出太多的心酸、太多的无奈……

获奖理由

当今社会,许多农村的年轻人外出打拼,家中留下老小无人照料,出现了很多"空巢老人""留守儿童"。漫画敏锐地捕捉到这一社会现象,用幽默的手法进行表现,构思新颖,新闻性强,发人深省。

新媒体展示

使用手机扫描下方二维码,即可观看本条获奖作品的新媒体展示。

各忙各的

作品信息

作品类型:二等奖·新闻漫画
刊播单位:《宁波日报》
报送单位:中国新闻漫画研究会
主创人员:丁安
编　　辑:朱晨凯
刊播版面:茶座
首发日期:2016年7月28日

作品简介

作品敏锐地抓住了当前城市建设中普遍存在的既要加大城市建设力度又要加强文物保护的"难点"问题,用新闻漫画的形式呈现给读者,令人深思。作者没有直接阐明观点,而是让读者通过作品的表达来作出判断,在"读图"过程中产生自己的看法。

新媒体展示

使用手机扫描下方二维码,即可观看本条获奖作品的新媒体展示。

获奖理由

作品笔法细腻、主题突出、角度新颖,具有很强的新闻性和现实性,有一图胜千言的艺术效果。《宁波日报》刊登后,中国宁波网、"甬派"客户端进行了转发,人民网也做了转载,受到网友好评。

把牢主阵地 传播正能量
——江苏卫视节目创新创优实践与思考

作品信息

作品类型：二等奖·新闻论文
刊播单位：《中国广播电视学刊》
报送单位：江苏省新闻工作者协会
主创人员：卜宇
编　　辑：樊丽萍
作品字数：7 028 字
刊播版面：《聚焦》栏目
首发日期：2016 年 1 月 1 日

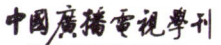

作品简介

作为江苏广电总台的负责人，作者立足于江苏卫视节目创新创优的实践和探索，结合对媒体工作的长期观察和深度思考，明确卫视节目创新创优的整体思路，并针对当前行业中存在的一些困惑和问题提出了三方面的认识。

获奖理由

该文立足实践，以清晰的逻辑、丰富的案例、深度的思考，有力回应了在新传播环境下主流媒体省级卫视如何强化责任担当这一问题，对省级广电的发展具有很强的针对性和指导性。

新媒体展示

使用手机扫描下方二维码，即可观看本条获奖作品的新媒体展示。

适应传播新趋势
构建引导新格局

作品信息

作品类型：二等奖·新闻论文
刊播单位：《新闻战线》杂志社
报送单位：江西省新闻工作者协会
主创人员：王晖
编　　辑：冷梅
作品字数：4 208 字
刊播版面：深入学习宣传贯彻习近平
　　　　　总书记重要讲话精神 5—7
首发日期：2016 年 6 月 1 日

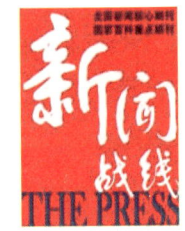

作品简介

论文以习总书记在党的新闻舆论工作座谈会与网络安全和信息化工作座谈会重要讲话为指针，以江西日报社所属媒体实践为例，从增强主动性、提高针对性、注重广泛性三方面阐述如何适应传播新趋势，构建新格局的路径与方法。

新媒体展示

使用手机扫描下方二维码，即可观看本条获奖作品的新媒体展示。

获奖理由

论文就如何适应传播新趋势，构建引导新格局这一当前我国新闻舆论工作所面临的重大问题，从理念、路径、办法等方面进行深入阐述，既有理论高度和思想深度，又有具体操作方式，具有较强的说服力、针对性和实用性。

移动互联时代的对外话语创新

作品信息

作品类型:二等奖·新闻论文
刊播单位:《中国广播电视学刊》
报送单位:福建省新闻工作者协会
主创人员:刘洪涛、凌淼丰
编　　辑:樊丽萍
作品字数:3 309字
刊播版面:国际传播 88-90
首发日期:2016年6月1日

作品简介

作者结合学习研究体会,紧贴中国对外宣传中存在的问题和移动互联的传播背景,提出对外话语创新之策:话语模式国际化、选择具体化、运用社交化、表达微型化、主体平民化、风格生活化、角度平衡化、姿态公开化。

获奖理由

该论文研究时效性强、问题抓得准、对策提得实。作者从话语模式、话语选择、话语运用、话语表达等八个方面提出话语创新的对策,既有理论阐释,也有实践总结,具有很强的针对性、启发性和实用性。

新媒体展示

使用手机扫描下方二维码,即可观看本条获奖作品的新媒体展示。

习近平"四个坚持"的背景、逻辑及战略意义

📧 作品信息

作品类型:二等奖·新闻论文
刊播单位:《新闻潮》
报送单位:广西新闻工作者协会
主创人员:曾海艳、吴雪华
编　　辑:黄傲
作品字数:4 666 字
刊播版面:特稿4－5转13
首发日期:2016年12月1日

💻 作品简介

本文认为"四个坚持"是一个逻辑严密的思想体系,有着严密的思想逻辑,是马克思主义新闻观的创新成果,也是我国新闻舆论队伍建设的指导思想和工作指南,对我国新闻传播事业的发展具有重大的战略意义。

🔖 新媒体展示

使用手机扫描下方二维码,即可观看本条获奖作品的新媒体展示。

💬 获奖理由

本文从学术的角度对"四个坚持"进行梳理和论述,揭示了"四个坚持"的背景、逻辑和意义,是马克思主义新闻观研究的创新成果。文章逻辑严密,观点清晰,条理清楚,是理解和把握习近平总书记系列重要讲话精神的一部力作。

党报经济新闻怎样找到"平衡感"

作品信息

作品类型:二等奖·新闻论文
刊播单位:《中国记者》
报送单位:浙江省新闻工作者协会
主创人员:周咏南、邓崴
编 辑:张垒
作品字数:4 601字
刊播版面:论坛16-18
首发日期:2016年7月1日

作品简介

作者运用马克思主义新闻观和中国特色社会主义政治经济学的理论框架,结合《浙江日报》报道案例进行分析,详细论述了党报经济新闻如何处理好专业性与政治性、新闻性、可读性这三对关系。

获奖理由

该文针对党报经济报道采编实践中存在的实际问题,对党报经济报道如何处理好专业性与政治性、新闻性、可读性的关系进行了创新性的理论阐述,具有理论和实践的双重指导意义,发表后在业内反响较好。

新媒体展示

使用手机扫描下方二维码,即可观看本条获奖作品的新媒体展示。

我国媒体重大涉华议题报道国际影响力探析及建议

作品信息

作品类型:二等奖·新闻论文
刊播单位:《中国记者》
报送单位:新华社新闻研究所
主创人员:蒋玉鼐
编　　辑:文璐
作品字数:5 563字
刊播版面:论坛19—22
首发日期:2016年12月1日

作品简介

本文作者始终密切关注南海问题事态走向与媒体报道情况,认真学习相关历史、法理知识与我国外交政策。裁决公布后,作者立即着手研究,扎实调研,研读并对348个样本了然于胸,报道的内容分析部分字字有依据,句句有出处。

新媒体展示

使用手机扫描下方二维码,即可观看本条获奖作品的新媒体展示。

获奖理由

作为目前国内唯一一篇以科学方法系统分析、量化研究"南海仲裁案"对外报道的文章,本文主题重大,角度巧妙,方法科学,数据全面,逻辑严密,写作精良,针对性和可操作性强,为提升我国媒体国际舆论斗争能力提供了有益参考。

以创新型校对机制防范采编数字化的技术性差错

作品信息

作品类型:二等奖·新闻论文
刊播单位:《中国记者》
报送单位:重庆市新闻工作者协会
主创人员:张小良、卢曦知、李娇
作品字数:5 511 字
刊播版面:封面专题 13－16
首发日期:2016 年 11 月 1 日

作品简介

本文从采编数字化后技术性差错的新特点和成因入手,就如何构建适应当前传播格局的创新型校对机制、从根本上防范技术性差错,提出了独到观点和设想,并对新形势下预防报纸技术性差错、提高版面质量具有很高的参考价值。

获奖理由

本文选题很有新意和时代感,作者以独特视角,对新闻媒体中采编数字化后技术性差错的预防提出了新的思路,论证有理有据,逻辑性强,主题突出,见解独到,对提高报纸把关水平和版面质量,具有很强的借鉴价值和指导性。

新媒体展示

使用手机扫描下方二维码,即可观看本条获奖作品的新媒体展示。

Таинственные гости в Первомайском
（五一村的神秘来客）

作品信息

作品类型：二等奖·国际传播
刊播单位：俄罗斯尼基电视频道
报送单位：黑龙江省新闻工作者协会
主创人员：沈书、董长青、闫志勇、鄂艳
作品时长：49分
刊播频道：俄罗斯尼基电视频道
首发日期：2016年12月29日

作品简介

《五一村的神秘来客》以莫斯科郊外的五一村为载体，以国外受众最易于接受的方式讲述了中共六大鲜为人知的故事。主创人员历时一年，足迹遍布国内外几十个城市和乡村，采访到了几十位国内外权威专家和参加中共六大相关人员的后代。

新媒体展示

使用手机扫描下方二维码，即可观看本条获奖作品的新媒体展示。

获奖理由

《五一村的神秘来客》以外国人习惯的讲述方式揭秘一段神秘的历史，填补了中共党史关于六大的纪录片空白；画面精美，制作精良，叙事结构合理，具有极强的可视性；播出影响大，效果好。

Chinese Netizens Help Boy in US with Cancer Realize His Dream
(中国网友助美国癌症男孩圆梦)

✉ 作品信息

作品类型：二等奖·国际传播
刊播单位：《中国日报》
报送单位：《中国日报》
主创人员：赵欣莹
编　　辑：雷蕾、陈智明
作品字数：465字
刊播版面：要闻1
首发日期：2016年1月14日

💬 作品简介

2016年1月初，美国8岁男孩多里安·莫里罹患罕见癌症将不久于人世，他最大的愿望就是游览长城。中国日报社在国内媒体当中最早发掘并报道了这一中美网友跨国互动的大爱故事，使故事影响力进一步扩大。

💬 获奖理由

这个由中美网友发起的跨国互动的大爱故事，不仅获得了欧美主流媒体大量正面的报道，还在美国网友中引起了积极反馈，是"民相亲"的生动体现，是讲好中国故事、传播好中国声音的一个优秀案例。

新媒体展示

使用手机扫描下方二维码，即可观看本条获奖作品的新媒体展示。

工作 15 个小时出席 19 场活动
习近平总书记的一天

作品信息

作品类型:二等奖·国际传播
刊播单位:央视新闻客户端
报送单位:中央网信办网络信息传播局
主创人员:集体
页面点击量:7624.5 万
首发日期:2016 年 11 月 15 日

作品简介

中央电视台新闻中心策划,新媒体部、评论部、联播部、视觉艺术部协力,以央视新闻新媒体视频形式,独家呈现 9 月 4 日 G20 峰会总书记的这一天,走进历史,感受他习以为常的工作节奏。

新媒体展示

使用手机扫描下方二维码,即可观看本条获奖作品的新媒体展示。

获奖理由

该作品充分利用融媒体手段,视角独特,全方位展示了总书记一天的工作。视频节奏控制得当,既充分展示了总书记的活动,又把时间控制得恰到好处,同时时间轴的分析方式让受众一目了然,特别贴合现阶段网民的阅读习惯。

《幸存者——见证南京1937》之《沉默的伤痕》

作品信息

作品类型：二等奖·国际传播
刊播单位：江苏省广播电视总台
报送单位：江苏省新闻工作者协会
主创人员：卜宇、陈辉、曹海滨、戴波、徐媛
作品时长：40分
刊播栏目：江苏卫视特别节目
首发日期：2016年12月14日

作品简介

《沉默的伤痕》为五集电视纪录片《幸存者——见证南京1937》其中一集，讲述具有代表性的、健在的南京大屠杀幸存者张秀红在1937年的悲惨遭遇，以及她是如何在沉默70年后勇敢发声的感人故事。

获奖理由

以南京大屠杀幸存者为创作对象的纪录片，以往以单片为主，侧重记述幸存者在南京大屠杀中的遭遇。本系列片第一次为南京大屠杀幸存者集体留证，同时也是第一次完整讲述幸存者的人生故事。

新媒体展示

使用手机扫描下方二维码，即可观看本条获奖作品的新媒体展示。

究竟谁在破坏国际法

作品信息

作品类型：二等奖·国际传播
刊播单位：《人民日报》
报送单位：《人民日报》
主创人员：集体
编　　辑：李宝善
作品字数：5 997 字
刊播版面：要闻 01 转 03
首发日期：2016 年 7 月 11 日

作品简介

2016 年 7 月，围绕菲律宾"南海仲裁案"的外交、法理、舆论斗争进入高潮。文章在"南海仲裁案"最终裁决公布前一天发表，立足于讲透中国在南海的历史性权利，进而阐明中国维护领土主权和海洋权益的合法性、正义性。

新媒体展示

使用手机扫描下方二维码，即可观看本条获奖作品的新媒体展示。

获奖理由

文章有力驳斥了美菲等政治力量企图损害中国核心利益的不法图谋，表达了中国政府和人民维护主权的坚定立场，放大了国际社会于我有利的声音，在关键时刻有力配合中央外交大局，发挥引导国内舆论、影响国际舆论的关键作用。

执着"洋猴王"京剧传播狂

作品信息

作品类型:二等奖·国际传播
刊播单位:《欧洲时报》
报送单位:天津市新闻工作者协会
主创人员:刘桂芳、郭金
编　　辑:郭金
作品字数:1 988 字
刊播版面:天津专版 P11
首发日期:2016 年 11 月 22 日

作品简介

在天津"和平杯"京剧票友大赛中赢得"海外名票"殊荣的英国人格法,因为痴迷京剧,23 年坚持不懈在中国学京剧并向国外推广京剧。记者通过多种形式连续采访,了解到他对中国艺术瑰宝的追求和为此付出艰辛努力的感人故事并进行了报道。

获奖理由

该作品抓住典型人和事,以小见大,通过连续采访京剧执着爱好者——英国人格法,向欧洲和世界传播中国优秀文化和传统京剧艺术,并在当地读者中引起积极关注,报道效果显著,对向海外传播中国文化艺术起到了积极的推动作用。

新媒体展示

使用手机扫描下方二维码,即可观看本条获奖作品的新媒体展示。

战地采访中国赴马里南苏丹维和部队系列报道

作品信息

作品类型：二等奖·国际传播
刊播单位：《解放军报》
报送单位：中央军委政治工作部宣传局
主创人员：杨祖荣、罗铮、吕德胜、罗朝文、庞清杰
作品字数：1 428 字、2 162 字、2 828 字
刊播版面：要闻 1、3、4、8
首发日期：2016 年 6 月 4 日

作品简介

2016 年 3 月，中国军队派出工作组赶赴马里和南苏丹，《解放军报》两名记者作为工作组成员随同前往，冒着炮火硝烟，深入一线采访，刊发多篇独家稿件，还原烈士牺牲的经过，展现中国维和军人不辱使命、不畏牺牲的英雄气概。

新媒体展示

使用手机扫描下方二维码，即可观看本条获奖作品的新媒体展示。

获奖理由

报道向国际社会表明中国军队维护世界和平的坚定决心，彰显中国的大国风范和担当，语言平实、细节生动、故事感人，从不同角度展现中国军人甘为和平洒热血的风采，有助于增进国际社会对中国和中国军队的理解与认同。

中美大学生联合体验长征之旅

作品信息

作品类型：二等奖·国际传播
刊播单位：《贵州日报》
报送单位：贵州省新闻工作者协会
主创人员：赵宇飞、万群、李卫红、姜洪、赵车、
　　　　　杨雁、周清
作品字数：1 240 字，1 002 字，1 317 字
刊播版面：要闻 1
首发日期：2016 年 8 月 25 日－2016 年 9 月 7 日

作品简介

2016 年是中国工农红军长征胜利 80 周年和"中美旅游年"，贵州日报报业集团策划组织了以"弘扬长征精神、彰显英雄文化"为主题的"中美大学生联合体验长征之旅"大型活动，全媒体采编团队按照"走转改"要求，全程跟随报道。

获奖理由

第一，选题重大，突出了热点与重点的结合；第二，话语构建实现了故事性话语、解释性话语、参与式话语的较好结合；第三，以互联网思维，融合多种媒体形式进行全媒体传播。

新媒体展示

使用手机扫描下方二维码，即可观看本条获奖作品的新媒体展示。

从你的时光里走过
——记百年老街中山大道12月28日重新开街

 作品信息

作品类型:二等奖·国际传播
刊播单位:纽约中国广播网
报送单位:湖北省新闻工作者协会
主创人员:集体
作品时长:29分18秒
刊播版面:今天
首发日期:2016年12月30日

作品简介

12月28日,历时两年封街改造,百年中山大道重新回到武汉市民生活中。专题用优美的文字、精妙的音响、丰富的内涵,为听众勾勒出百年老街生生不息、带领一座城市迈入新时代的涅槃之路,为境外华人生动展现了故乡变迁。

新媒体展示

使用手机扫描下方二维码,即可观看本条获奖作品的新媒体展示。

获奖理由

作品采访深入,构思巧妙,文字精美;音响丰富,声音典型,制作精良;记录下大量丰富鲜活的现场音响;以情动人,引发共鸣,影响深远,是一篇主题重大、构思巧妙、制作精良、寓意深远的广播作品。

布哈里：尼中都有加强双边合作的强烈意愿

作品信息

作品类型：二等奖·国际传播
刊播单位：中国国际广播电台
报送单位：中国广播电影电视社会组织联合会
主创人员：徐璟、Saminu Alhassan、陈利明、袁奇
作品时长：2分53秒
刊播频道：对尼日利亚和尼日尔豪萨语广播新闻
首发日期：2016年4月15日

作品简介

2016年是中国和尼日利亚建交45周年，尼日利亚总统布哈里应邀于4月11日至15日来华进行国事访问，采编团队克服了诸多困难，在尼日利亚总统即将返程之际完成此次独家专访，在对外报道方面为两国这次重要外交活动画上了圆满句号。

获奖理由

该报道时效性、独家性和权威性兼具，抓住了对象国家最高领导人高访结束的时间节点，通过其权威表述，体现了我国"合作共赢，共同发展"的对非外交理念，为中尼建交45周年这一重要外事活动营造了积极的舆论氛围。

新媒体展示

使用手机扫描下方二维码，即可观看本条获奖作品的新媒体展示。

寻梦蒙达尔纪

作品信息

作品类型：二等奖·国际传播
刊播单位：湖南广播电视台
报送单位：湖南省新闻工作者协会
主创人员：杨壮、肖永根、郑晓、李建飞、
　　　　　张思思、杨帆、罗辉
作品时长：33 分
刊播频道：国际频道特辟时段
首发日期：2016 年 12 月 12 日

作品简介

该片以蒙达尔纪为主要故事地，生动展示了老一辈革命家救国救民的寻梦之路，展示了中法友谊的不断深化，以及当今中国改革开放的大气象。拍摄历时 4 个月，采访 30 多位革命先辈的后代和中法历史研究专家，收集了大量权威史料。

新媒体展示

使用手机扫描下方二维码，即可观看本条获奖作品的新媒体展示。

获奖理由

该作品发掘了一段对中国革命具有重要意义的珍贵历史，出色发挥了国际传播作用，生动展示了中国老一辈革命家万里求索的革命精神，厚重历史感和强烈现实性兼备，增进了中法人民情感沟通，深化了两国文化交流。

同舟共济一甲子
——我的中国、非洲故事

 作品信息

作品类型:二等奖·国际传播
刊播单位:中央电视台 中国国际电视台
报送单位:武汉大学
主创人员:集体
作品时长:4分
刊播栏目:法语频道《综合新闻》
首发日期:2016年5月30日—2016年7月28日

作品简介

为配合中国与非洲大陆开启外交关系60周年,中央电视台中国国际电视台法语频道特别策划制作了60集大型人物系列片《同舟共济一甲子——我的中国、非洲故事》。

获奖理由

该系列人物报道主题围绕近年中非合作成果,以具体人物和故事为线索,策划内容丰富深刻、拍摄制作精良,被非洲多家电视媒体采用,取得良好的收视效果。

新媒体展示

使用手机扫描下方二维码,即可观看本条获奖作品的新媒体展示。

中国新闻奖

综合类·三等奖

悬崖上的村庄

作品信息

作品类型：三等奖·新闻摄影
刊播单位：《新京报》
报送单位：中国新闻摄影学会
主创人员：陈杰
编　　辑：林沛青
刊播版面：目击 A12－A13
首发日期：2016 年 5 月 24 日

作品简介

2016 年 5 月，记者冒险进入悬崖村，上下悬崖村，拍摄村民和孩子上下悬崖村的过程，向公众呈现了这一罕见景象。《新京报》报道发出后，引发广泛关注，党和国家领导人作出批示，四川省凉山州当天承诺为悬崖村先修一架钢梯。

获奖理由

作品以图片和文字说明的结合作为新闻信息传播的载体。作者在人迹罕至之处，以其新闻的独特性和人情味在传播过程中引起强烈的反响并收到极好的社会效果。

新媒体展示

使用手机扫描下方二维码，即可观看本条获奖作品的新媒体展示。

蚊子工厂，让蚊子绝后

作品信息

作品类型：三等奖·新闻摄影
刊播单位：《南方日报》
报送单位：中国新闻摄影学会
主创人员：王辉
编　　辑：王良珏
刊播版面：广州观察 A04
首发日期：2016 年 8 月 1 日

作品简介

自 2014 年起，国际原子能机构与中山大学－密歇根州立大学热带病虫媒控制联合研究中心正式合作，在国际原子能机构的技术支持下建立了"蚊子工厂"，这则报道记录了中山大学奚志勇团队这次具有革新性的实验。

新媒体展示

使用手机扫描下方二维码，即可观看本条获奖作品的新媒体展示。

获奖理由

组照通过不同景别，既展现了中方科研团队通过开展国际合作对蚊子进行人工"绝育"的鲜为人知的工作场景，又通过微距拍摄对研究过程加以专业化的精准呈现，大大提高了受众对这一造福人类的科研成果的关注度。

送别陈忠实

 作品信息

作品类型:三等奖·新闻摄影
刊播单位:《陕西日报》
报送单位:中国新闻摄影学会
主创人员:赵晨、李念
编　　辑:宋红梅、杨小兵
刊播版面:送别陈忠实专号 20
首发日期:2016 年 5 月 5 日

作品简介

作者连续多日聚焦陈忠实先生追思会以及遗体告别仪式现场,既真实记录了社会各界追思祭奠陈忠实的感人场景,又通过意象表现和细节抓取的手法艺术化地呈现了社会各界人士对陈忠实的热爱和对其逝世的悲伤之情。

获奖理由

这组照片精准捕捉到了千人送别一代文学巨匠的感人场景,从多维的视角、不同的景别,给人以强烈的视觉冲击和心灵震撼。镜头语言告诉我们:当文学与人民同呼吸、与民族共命运时,才能拥有永恒的力量。

新媒体展示

使用手机扫描下方二维码,即可观看本条获奖作品的新媒体展示。

雨·祭

作品信息

作品类型:三等奖·新闻摄影
刊播单位:新华网
报送单位:中国新闻摄影学会
主创人员:李响
编　辑:成岚
首发日期:2016年12月13日

作品简介

作者12月13日提前来到侵华日军南京大屠杀遇难同胞纪念馆内一处十字形纪念碑下,等待仪式结束后参观的群众代表从纪念碑下走过。小雨中,身着白色雨披的群众走过纪念碑,更显庄严肃穆,衬托出国家公祭的深刻内涵。

新媒体展示

使用手机扫描下方二维码,即可观看本条获奖作品的新媒体展示。

获奖理由

祭奠南京大屠杀死难者成为国家公祭,这里面有着深刻的象征意义。这幅照片脱颖而出,就在于它用有象征意义的形式很好地表达了这种象征意义。照片低角度拍摄,穿雨衣的人棱角分明,有雕塑感。这是一幅一图胜千言的好照片。

涉嫌电信网络诈骗 74名嫌疑人被押解回国

作品信息

作品类型:三等奖·新闻摄影
刊播单位:《武汉晚报》
报送单位:中国新闻摄影学会
主创人员:金振强
编　　辑:邱焰
刊播版面:要闻1
首发日期:2016年11月30日

作品简介

该作品通过我国警方从马来西亚将74名电信网络诈骗犯罪嫌疑人押解回国的画面,以独特视角呈现了我国警方同国际刑警组织通力合作,严厉打击跨境电信网络诈骗犯罪,切实维护我国公民的合法权益不受侵害的决心。

获奖理由

该新闻摄影作品属事件性报道,新闻性强,社会关注度高。74名跨境电信诈骗嫌疑人被押解回国的画面,很好地表达了"天网恢恢 疏而不漏",人民群众的关切已成为党和政府的关切与行动这一主题。

新媒体展示

使用手机扫描下方二维码,即可观看本条获奖作品的新媒体展示。

天一阁修书人

作品信息

作品类型:三等奖·新闻摄影
刊播单位:《现代金报》
报送单位:中国新闻摄影学会
主创人员:张培坚
刊播版面:头版、影像·长镜头 A1、A5
首发日期:2016 年 9 月 11 日

作品简介

谢龙龙大学毕业后,在我国现存历史最久的私家藏书楼天一阁潜心于古籍修复工作近 6 年。沉默寡言的他寻找内心的宁静,有执着的精神追求。记者用镜头记录谢龙龙的工作、生活,展现出天一阁新一代爱书人的故事。

新媒体展示 获奖理由

使用手机扫描下方二维码,即可观看本条获奖作品的新媒体展示。

该组照属于人物新闻报道,其选题具有较强的时代特征,作品重点呈现年轻的古籍修复者工作时的专注与谨慎,诠释了"工匠精神"之时代主旋律,为 90 后树立了专注、敬业的职业榜样。

今非昔比

 ## 作品信息

作品类型：三等奖·新闻漫画
刊播单位：《工人日报》
报送单位：中国新闻漫画研究会
主创人员：李天跃
刊发版面：工人的画
首发日期：2016年10月29日

 ## 作品简介

漫画用简洁生动的视觉语言反映出党的十八大以来，我国全面从严治党提升到一个前所未有的高度，并成为新一届中央领导集体治国理政的鲜明特征。全国上下经过几年的反腐斗争，已经发生了翻天覆地的变化。

 ## 获奖理由

漫画用简洁生动的视觉语言反映了党的十八大以来，全面从严治党提升到一个前所未有的高度，党风得到净化，干部作风得到改善。该漫画主题鲜明，表现手法简洁、生动、形象，对比效果明显，有思想性和幽默感。

 ## 新媒体展示

使用手机扫描下方二维码，即可观看本条获奖作品的新媒体展示。

团聚过了

作品信息

作品类型:三等奖·新闻漫画
刊播单位:《绍兴晚报》
报送单位:中国新闻漫画研究会
主创人员:姚月法
刊发版面:观点 A4
首发日期:2016 年 2 月 29 日

作品简介

漫画巧借墙上挂的团聚时的合影照片忽又只剩下独守老人的情景,反映了空巢老人空巢又空心的社会现实,由此呼吁人们赚钱固然重要,但也不能让年迈的父母家里空荡荡,心里也空荡荡。

新媒体展示 获奖理由

使用手机扫描下方二维码,即可观看本条获奖作品的新媒体展示。

该作品画面简洁,不着一句文字说明,通过直接、强烈的黑白对比,将主旨传达出来,具有一定的艺术感染力,标题更为点睛,思想性强,意味深长。

上发条

 作品信息

作品类型:三等奖·新闻漫画
刊播单位:《中国日报》
报送单位:中国新闻漫画研究会
主创人员:罗杰
刊发版面:Comment 8
首发日期:2016 年 5 月 26 日

作品简介

2016 年,在中国杭州举办的 G20 峰会,为世界经济增长注入了新的动力。该幅漫画从正面宣传了中国杭州 G20 峰会的积极成果,创意独特,绘制精美,是一幅难得的佳作。

获奖理由

本作品针对 2016 年在中国举办的 G20 峰会,用形象化的手法予以表现,通过给表上发条这一具象的比喻,表达了其给世界经济注入新的动力这一内涵。

新媒体展示

使用手机扫描下方二维码,即可观看本条获奖作品的新媒体展示。

论提升副刊品位的八条路径

作品信息

作品类型:三等奖·新闻论文
刊播单位:《新闻战线》
报送单位:中国报纸副刊研究会
主创人员:吕国英
编　　辑:武艳珍
作品字数:5 895字
刊播版面:研究走廊 99－103
首发日期:2016年3月10日

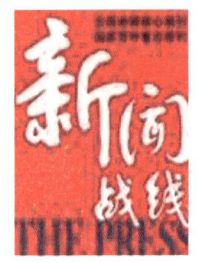

作品简介

"纯"作品、"挑"文眼、"融"形质、"呈"气象、"和"节奏、"镶"名家、"立"版式、"靓"全元,是本篇论文提出的关于提升副刊品位的八条路径,不仅抓住了立论的根本,而且均有深刻、独到、系统、完整的论证。

新媒体展示

使用手机扫描下方二维码,即可观看本条获奖作品的新媒体展示。

获奖理由

该论文专业、精致,立意高远、视野开阔,且针对性、可操作性强,是一篇既有高度又接地气的学术佳作。论文立意高、层次清晰,文字通俗生动,是副刊论文中的一篇佳作。

综合类·三等奖

微传播语境下的电视新闻创新

作品信息

作品类型:三等奖·新闻论文
刊播单位:《中国广播电视学刊》
报送单位:湖南省新闻工作者协会
主创人员:周国强
编　　辑:樊丽萍
作品字数:5 251字
刊播版面:局台长论坛
首发日期:2016年3月1日

作品简介

作者以自己在新闻采编一线和管理岗位上30余年从业经验为基础,深入思考在坚守"内容为王"这一核心价值的前提下,如何创新电视新闻表现形式和报道模式,才能够扬长避短、取长补短,实现电视新闻传播效果的最大化。

获奖理由

论文以丰富的电视新闻创新的实践成果为基础,选题新颖、论述独到、结构完整、逻辑性强,具有较强的针对性和可操作性,具有一定的学术价值和现实意义。

新媒体展示

使用手机扫描下方二维码,即可观看本条获奖作品的新媒体展示。

电视问政：
构建城市公共治理平台

作品信息

作品类型：三等奖·新闻论文
刊播单位：《新闻战线》
报送单位：湖北省新闻工作者协会
主创人员：顾亦兵
编　　辑：杨芳修
作品字数：5 384字
刊播版面：一线报告40－42
首发日期：2016年12月1日

作品简介

《电视问政》内含政府、媒体、公众相互之间平等对话的三角关系。三者之间相互作用形成的张力推动《电视问政》栏目解决好"谁在问""问什么""怎么问"这三个维度上的问题，完成最优化模式。

新媒体展示

使用手机扫描下方二维码，即可观看本条获奖作品的新媒体展示。

获奖理由

论文从构建城市公共治理平台的视角，对《电视问政》进行了深入的理论思考，为《电视问政》及同类型节目提档升级、长远发展解决了理论支撑的问题，同时理论与实践紧密结合，学理性和业务指导性兼具。

摆脱先验性 增强穿透性

作品信息

作品类型：三等奖·新闻论文
刊播单位：《新闻战线》
报送单位：安徽省新闻工作者协会
主创人员：胡旭
编　　辑：武艳珍
作品字数：5897字
刊播版面：实践天地 92－95
首发日期：2016年7月15日

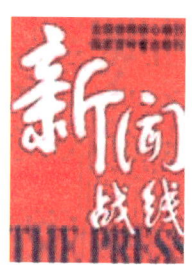

作品简介

本文围绕经济新常态下经济运行形势的复杂性、经济生活变动的难测性和高度创新性对党报经济报道提出的创新要求，结合供给侧结构性改革战略部署，就如何摆脱刻板宣传模式，增强报道实效性、思想性、生动性进行了深入阐述。

获奖理由

论文观点新颖，思路清晰，内容扎实；论证严密，逻辑性和理论性强；源于实践，总结操作心得体会，对新闻采编实务具有一定的指导性和影响力。

新媒体展示

使用手机扫描下方二维码，即可观看本条获奖作品的新媒体展示。

民族地区党媒社论隐喻背后的时代变迁

作品信息

作品类型:三等奖·新闻论文
刊播单位:《西藏日报》
报送单位:西藏自治区新闻工作者协会
主创人员:廖云路
编　辑:韩勉
作品字数:4 130字
刊播版面:理论版理论纵横6版
首发日期:2016年10月8日

作品简介

论文以民族地区党媒半个世纪以来的主要社论为文本,分析了党媒社论中隐喻的使用情况,揭示了民族地区党媒社论是民族地区各项工作的旗帜与导向,提出党媒社论必须随着民族地区社会政治环境的变化而转变话语表达方式。

新媒体展示

使用手机扫描下方二维码,即可观看本条获奖作品的新媒体展示。

获奖理由

论文政治立场起点高,史料详细充分,研究方法运用得当,对认识当前民族地区快速发展和复杂多变的社会形势具有重要的现实指导意义,经刊发后被中国社会科学网等媒体转发,并被中国知网等学术网站转载。

从聂树斌案报道
看舆论监督和正面宣传的统一性

作品信息

作品类型:三等奖·新闻论文
刊播单位:《新闻知识》
报 送 人:刘良龙
主创人员:刘良龙
编 辑:谢丛容
作品字数:5 881字
刊播版面:新闻与传播研究 24—27
首发日期:2016年12月25日

作品简介

本论文围绕"从聂树斌案报道看舆论监督和正面宣传的统一性"这一论题,从"报道目的:追求公平和正义""报道方法:建设性舆论监督""报道效果:达到正面宣传效果"三个方面分别进行论述。

获奖理由

这篇论文中分析到的媒体以《河南商报》《南方周末》《新京报》为主,以深圳本地媒体《深圳晚报》《晶报》以及中央新闻单位新华社和《人民日报》为辅,时效性强,分析透彻,视野广阔,有代表性。

新媒体展示

使用手机扫描下方二维码,即可观看本条获奖作品的新媒体展示。

"讲好中国故事"
需要四个转向

作品信息

作品类型:三等奖·新闻论文
刊播单位:《中国记者》
报送单位:新华通讯社
主创人员:李成
编　　辑:梁益畅
作品字数:5 029字
刊播版面:"论坛"栏目27－29
首发日期:2016年5月1日

作品简介

该文通过研读大量相关文献,以传播理论的思辨深度、全球传播的战略高度、全媒传播的观照广度,以问题为导向深刻考察"讲好中国故事"的实践经验,提出"讲好中国故事"需要立足时代特征创新思维,调整策略。

新媒体展示

使用手机扫描下方二维码,即可观看本条获奖作品的新媒体展示。

获奖理由

该文兼具学理性和实践性,既具有一定的战略高度,又具有敏锐的问题意识;既是对习近平总书记"讲好中国故事"论述的深入理解,又是对其所提命题的应答、对其所指方向的拓展。

以供给侧改革思维补好城市台短板

作品信息

作品类型:三等奖·新闻论文
刊播单位:《中国广播电视学刊》
报送单位:中国广播电影电视社会组织
　　　　　联合会
主创人员:胡舜文
编　　辑:陈富清
作品字数:4 200字
刊播版面:局台长论坛39—41
首发日期:2016年7月1日

作品简介

供给侧改革是国家"十三五"的战略重点,也是未来一个时期改革发展的主线,同时还是一种思维与工作方法。广电媒体在破解当前的困难、问题、矛盾时,也要善于借鉴和运用供给侧改革思维。

获奖理由

本文结合城市台工作实际,从供给侧改革角度进行探讨,对广大城市台的改革与发展具有一定的借鉴、指导意义。

新媒体展示

使用手机扫描下方二维码,即可观看本条获奖作品的新媒体展示。

希望之索
峡谷中的致富索道

作品信息

作品类型：三等奖·国际传播
刊播单位：《中国日报》
报送单位：中国新闻摄影学会
主创人员：刘曙松
编　　辑：朱兴鑫
作品幅数：6
刊播版面：欧洲版22
首发日期：2016年12月30日

作品简介

摄影记者用镜头语言刻画了贫困人员真实的生活状态，以及他们努力改变自己命运的不屈性格。同时，还记录了当地供电部门架设了专用电力线路，让大山深处的农民脱贫有了希望。

新媒体展示

使用手机扫描下方二维码，即可观看本条获奖作品的新媒体展示。

获奖理由

整组影像画面协调，角度丰富，视觉冲击力强。该组报道融合图文形式，对外英文稿件通过详尽的故事讲述和打动人心的细节介绍取得了良好的国际传播效果。

跨越时空的对话
——纪念莎士比亚与汤显祖逝世 400 周年特别节目

作品信息

作品类型:三等奖·国际传播
刊播单位:中国国际广播电台
报送单位:北京市新闻记者协会
主创人员:刘兴宇、左天驰、徐帅
作品时长:14 分 05 秒
刊播栏目:中文环球广播《全景中国》
首发日期:2016 年 12 月 31 日

作品简介

节目紧紧抓住一个"美"字,用由外至内、层层深入的办法,由两位大师作品的辞令之美,深入到作品中的人性之美,再延展到他们所共处的时代之美,突出跨越时空的对话这一主题。

获奖理由

节目把西方听众熟悉的莎士比亚与中国听众熟知的汤显祖放在一起,使他们对中国的戏曲、中国的戏曲大师和中国历史有了更深入的了解,成功地促进了中外文化的交流、交融。

新媒体展示

使用手机扫描下方二维码,即可观看本条获奖作品的新媒体展示。

时隔 71 年的拥抱

作品信息

作品类型:三等奖·国际传播
刊播单位:大众网
报送单位:中央网信办网络新闻信息传播局
主创人员:邢玉军、王磊、樊思思、亓翔、毛德勋、马凤学
页面点击量:369 万
首发日期:2016 年 7 月 27 日

作品简介

2016 年 7 月 27 日,83 岁的玛丽·泰勒·普蕾维特女士专程从美国赶到中国贵阳,向 71 年前在潍县集中营营救她的中国人王成汉致谢。大众网记者现场记录了两位老人相见的感人一幕,并对两人分别进行了专访,27 日当天便刊发了消息。

新媒体展示

使用手机扫描下方二维码,即可观看本条获奖作品的新媒体展示。

获奖理由

该作品主题鲜明,以小见大,意义重大,通过消息、专访、短视频、纪录片的融媒体方式呈现,体现了手段创新。报道内容丰富,感情丰满,史料翔实,生动还原了历史。

"神舟十一号"载人飞船发射直播特别节目

作品信息

作品类型：三等奖·国际传播
刊播单位：中国国际广播电台
报送单位：中国广播电影电视社会组织联合会
主创人员：张意、刘红、田巍、赵洋、黄晓东、马晓叶
作品时长：56分36秒
播出频率：美国夏威夷 AM1370 和 FM103.9
首发日期：2016年10月17日

作品简介

2016年10月17日7时30分，我国自主研发的"神舟十一号"飞船在"长征二号F遥十一"运载火箭的搭载下成功发射，中国国际广播电台华语环球广播对此进行了现场直播。

获奖理由

内容紧扣主题，展现航天科技新突破；发射环节把握到位，直播过程自然流畅；现场音响生动丰富，专家解读深入浅出；展现中国"航天梦"，国际传播效果突出。

新媒体展示

使用手机扫描下方二维码，即可观看本条获奖作品的新媒体展示。

缓工四天,待鸟起飞

作品信息

作品类型:三等奖·国际传播
刊播单位:《成都商报》
报送单位:四川省新闻工作者协会
主创人员:宦小淮、梁梁、张肇婷、宋德萍、邵洲波、张士博、王勤
作品字数:1 794字、2 932字、572字
刊播版面:要闻或社会 03/04/05
首发日期:2016年4月24日—2016年4月30日

作品简介

成都地铁修建为鸟窝延期,作品在此事件的基础上,从大人和小孩的不同世界观出发去观察这窝鸟蛋,最终在保护生命的永恒主题上选择了一个落脚点,温暖了一座城市,也上演了一场生命教育,体现了成都精神、中国精神。

新媒体展示

使用手机扫描下方二维码,即可观看本条获奖作品的新媒体展示。

获奖理由

这是一部现实版的爱的教育,地铁修建为鸟窝延期,温暖了一座城市,也上演了一场生命教育,体现了成都精神、中国精神。这正是媒体传播价值的体现,记录整个时代的进步,同时也促进整个时代的进步。

Old Cup Reborn for Autistic Teen
(停产水杯为自闭症少年重生)

作品信息

作品类型:三等奖·国际传播
刊播单位:《中国日报》
报送单位:《中国日报》
主创人员:Chris Peterson、许靖烯
编　　辑:李文莎
作品字数:438 字
刊播版面:要闻 1
首发日期:2016 年 12 月 2 日

作品简介

英国一位自闭症男孩只肯使用其在 2 岁时父亲送的蓝色水杯喝水,而水杯逐渐老化,无法继续使用。水杯所属品牌公司在中国一家代工厂里找到了杯子的模具,决定专门为男孩生产 500 个水杯,供他终生使用。

获奖理由

文章选取适宜国际传播的人文关怀为切入点,跨越社会文化差异,凸显了讲述中国故事的新角度。在新闻报道的运作上,该报道体现了国际和国内的有效联动与跨时区中外协作,取得了很好的国际传播效果。

新媒体展示

使用手机扫描下方二维码,即可观看本条获奖作品的新媒体展示。

澜湄合作助推
互联互通纵深发展

作品信息

作品类型：三等奖·国际传播
刊播单位：西双版纳广播电视台
报送单位：云南新闻工作者协会
主创人员：欧美华、李景惠、罗燕坤、王姗姗、
　　　　　柳青、王竹
作品时长：7分39秒
刊播栏目：FM101.4《西双版纳新闻广播》
首发日期：2016年5月30日—2016年
　　　　　6月10日

作品简介

记者深入边境口岸、村寨，选取澜湄合作中交通基础设施、联合执法、教育医疗、农业、黄金水道等最具代表性的五个方面，进行了深入细致的采访，采访对象涵盖最基层的工作人员以及国家知名专家等。

新媒体展示

使用手机扫描下方二维码，即可观看本条获奖作品的新媒体展示。

获奖理由

随着中国"一带一路"倡议的推进，西双版纳州作为我国以及云南省面向东南亚的前沿阵地，大胆探索，开创了具有中国特色和地域特色的合作模式。作品题材重大，社会反响较好。

最燃倒计时!
G20,精彩浙江与世界美妙对话

作品信息

作品类型:三等奖·国际传播
刊播单位:浙江日报报业集团全媒体平台(浙江新闻客户端、浙江在线网站)
报送单位:浙江大学
主创人员:蒋蕴、黄昕、杨晓燕、包璇漪、潘培、王坚颖、檀梅
页面点击量:1401.6万
首发日期:2016年5月26日

作品简介

在G20杭州峰会开幕前夕,浙江新闻客户端、浙江在线网站精心策划,推出了《最燃倒计时!G20,精彩浙江与世界美妙对话》大型网络专题。专题集纳各类图文、音视频、交互式多媒体报道超过300篇,内容横跨5个月,尤以原创新媒体作品最为精彩。

获奖理由

作品聚焦重大选题,集消息、通讯、图片、视频、音频、交互式网页等多种形式于一体,在2016年G20杭州峰会报道中独树一帜,一经推出即以其丰富的信息量和创意性极强的策划赢得了普遍赞誉,取得了很好的传播效果。

新媒体展示

使用手机扫描下方二维码,即可观看本条获奖作品的新媒体展示。

因为爱，他把眷恋留在中国

📧 作品信息

作品类型：三等奖·国际传播
刊播单位：《浙江日报》
报送单位：浙江省新闻工作者协会
主创人员：许雅文、沈吟、鲁青、刘常彬
编　　辑：王国锋、杨陶玉
作品字数：1 216 字
刊播版面：欧洲时报 P15
首发日期：2016 年 7 月 18 日

💻 作品简介

文章报道的是浙江省第二例外籍人士器官移植的故事，这是一个充满大爱和温情的故事。一位来自英国的浙江杭州女婿马克，在生命的尽头，要将器官捐献给中国的病患。马克的壮举深深地感动了浙江，也感动了他的家乡英国。

📶 新媒体展示

使用手机扫描下方二维码，即可观看本条获奖作品的新媒体展示。

💬 获奖理由

这个故事之所以打动了千千万万的读者，源于故事折射出跨越国界的人性共同的温度。故事既有血有肉，又有立体感、时代感、现实感，是对外传播的一个成功范例。

"金孔雀",请你归航!

作品信息

作品类型:三等奖·国际传播
刊播单位:《解放军报》
报送单位:军委政治工作部宣传局
主创人员:周猛、张科进、魏兵
编　　辑:徐双喜
作品字数:2 802 字
刊播版面:要闻 2
首发日期:2016 年 11 月 15 日

作品简介

2016 年 11 月 12 日,八一飞行表演队、歼-10 首批女飞行员余旭在飞行训练中不幸牺牲。消息一经公布,在社会上产生了强烈反响,进而引发广大民众对国防建设、军人价值的关注。

获奖理由

本文直面社会舆情、紧跟新闻热点,依靠大量鲜活的事实和带有温度的叙事表达,把握话语权,由浅入深、由近及远,将中国军人的使命情怀、奉献牺牲立体呈现出来,产生了良好的传播效果。

新媒体展示

使用手机扫描下方二维码,即可观看本条获奖作品的新媒体展示。

中东四国之行：天地是走出来的

作品信息

作品类型：三等奖·国际传播
刊播单位：宁夏广播电视台
报送单位：宁夏新闻工作者协会
主创人员：马晓霖、李丽、李军、谢红、马文婷、丁半农
作品时长：30分06秒
刊播栏目：宁夏卫视《解码一带一路》
首发日期：2016年4月26日

作品简介

作品通过走访在阿联酋打拼的三家中资企业，了解他们在走出去的过程中如何逐渐适应所在国的法律、法规、经济节奏等方面的情况，以点带面，讲述他们打拼的经历，反映出中国企业在走出去的国际化道路中的现状及宝贵经验。

新媒体展示 　　获奖理由

使用手机扫描下方二维码，即可观看本条获奖作品的新媒体展示。

作品从在阿联酋打拼的三家中国企业的奋斗经历入手，以小见大，充分体现出新时期中国企业的义利观，从一个侧面展示了中国经济发展对世界的贡献和影响力。

我的"读册歌"日记

作品信息

作品类型:三等奖·国际传播
刊播单位:厦门人民广播电台
报送单位:兰州大学
主创人员:陈宏、陈国胜
作品时长:9 分 45 秒
刊播栏目:闽南之声广播《海峡进行时》
首发日期:2016 年 11 月 5 日

作品简介

广播作品《我的"读册歌"日记》采用日记体形式、小学生的视角,展现中国国家级非物质文化遗产"闽南童谣"在"一带一路"沿线国家——马来西亚的交流与传承,是对外广播作品的一次大胆尝试。

获奖理由

作者将声音素材融进日记,记录了中国展演团与马来西亚学生、华侨华人的各个交流瞬间,富有听觉冲击力,能够引发海内外听众的共鸣。

新媒体展示

使用手机扫描下方二维码,即可观看本条获奖作品的新媒体展示。

《中国梦 365 个故事》之《生命线》

作品信息

作品类型：三等奖·国际传播
刊播单位：德国城市视角电视台
报送单位：北京市新闻工作者协会
主创人员：刘民、吴群、王宇、李淼
作品时长：3 分
刊播栏目：城市视角电视台《来看吧》
首发日期：2016 年 11 月 1 日

作品简介

《生命线》讲述了北京大学肿瘤医院医生郭军在近十年的时间里攻克黑色素瘤治疗的难关，并代表中国站在世界顶尖医学大会上，向各国医生介绍中国经验的故事。

新媒体展示

使用手机扫描下方二维码，即可观看本条获奖作品的新媒体展示。

获奖理由

节目以"平民化、原生态、纪实性、讲故事"为特色，将镜头对准各行各业普通群众的凡人壮举，彰显社会主义核心价值观和中国优秀传统文化价值。许多外国观众在网上留言，给予高度评价。

《中国正在说》之《崛起中大国的国际战略》

作品信息

作品类型:三等奖·国际传播
刊播单位:福建省广播影视集团
报送单位:厦门大学
主创人员:李灿宇、曾晓捷、杨青、郭江山、张雷
作品时长:37分
刊播栏目:东南卫视《中国正在说》
首发日期:2016年12月25日

作品简介

《崛起中大国的国际战略》是东南卫视大型演讲类政论节目《中国正在说》的第8期。本期节目中,中国驻伊朗、阿联酋、荷兰前大使华黎明分享了他对中国外交的深刻洞见。

获奖理由

作品所面对的问题具有很强的现实性,所呈现的各方意见具有典型性,分析深入、逻辑清晰、论证有力。节目制作精良,组织流畅。在境外播出之后,被多家媒体转载,取得了良好的国际传播效果。

新媒体展示

使用手机扫描下方二维码,即可观看本条获奖作品的新媒体展示。

萌"翻"了

作品信息

作品类型：三等奖·国际传播
刊播单位：《中国日报》
报送单位：中国新闻摄影学会
主创人员：张磊
编　　辑：朱锋
刊播版面：IMAGE19
首发日期：2016年12月17日

作品简介

画面里熊猫宝宝头朝下脚朝天，脸部着地完成首秀，生动、幽默、感人。摄影记者在新闻现场嘈杂的环境下仔细观察，发现了这只调皮的熊猫宝宝，随后根据自己的经验准确选位，拍摄到令人眼前一亮的独特瞬间。

新媒体展示

使用手机扫描下方二维码，即可观看本条获奖作品的新媒体展示。

获奖理由

该作品属于非事件性报道，以"国宝"熊猫的"萌"态为看点，突出表现出趣味性之特点。在国际传播环境中体现了客观中立的态度，适应了国际传播的基本要求。如果能抓拍到熊猫的各种憨态可爱之表情，其作品的新闻价值会更高。

跨越大洋的绽放

作品信息

作品类型:三等奖·国际传播
刊播单位:山东广播电视台国际频道
报送单位:山东省新闻工作者协会
主创人员:郭鹏、范维坚、张铭伟、周诺、
　　　　　李树竹
作品时长:18 分 35 秒
刊播频道:国际频道
首发日期:2016 年 12 月 31 日

作品简介

本专题节目通过深入采访和长期跟踪拍摄,记录了一群中国传统戏曲文化工作者倾力打造《大羽华裳》的故事,反映了他们在对中国文化进行国际表达过程中的不懈努力和创新突破,揭示了向世界讲好中国故事的规律性要素。

获奖理由

该专题题材重大,国际表达效果好,充分展示了中国的文化自信,具有启发意义。节目以电视专题的形式,生动讲述了中国文化走出去的精彩故事,充分展示了中华戏曲文化作为世界共通艺术语言的当代价值和永恒魅力。

新媒体展示

使用手机扫描下方二维码,即可观看本条获奖作品的新媒体展示。

在他乡的知音

作品信息

作品类型：三等奖·国际传播
刊播单位：中国国际广播电台
报送单位：中国广播电影电视社会组织
　　　　　联合会
主创人员：杨晨、吴俣、庄妍、瞿鹏杰
作品时长：7分52秒
刊播频率：短波大广播6020kHz、7305kHz
首发日期：2016年6月18日——
　　　　　2016年6月21日

作品简介

为配合报道习近平主席2016年6月访问波兰，国际台波兰语广播制作播出了该系列节目。节目讲述了中国和波兰两国民众在体育、文学、音乐和生活消费四个领域合作的故事。

新媒体展示

使用手机扫描下方二维码，即可观看本条获奖作品的新媒体展示。

获奖理由

节目贴近听众，有说服力，较好地从民间层面反映了"国之交在于民相亲"，符合"讲好中国故事"的外宣指示精神，较好地做到了外宣服务外交。

私人定制哈密瓜

作品信息

作品类型:三等奖·国际传播
刊播单位:中国国际广播电台
报送单位:新疆新闻工作则协会
主创人员:张淑敏、左鸿雁、阿合买提·
　　　　艾买提、李芳
作品时长:11分31秒
刊播栏目:华语环球广播《中国之窗·全
　　　　景中国》
首发日期:2016年8月19日

作品简介

2016年7月,新疆哈密市举办第13届哈密瓜节,其中有个让人津津乐道的亮点,就是私人定制哈密瓜。记者通过实地采访,为大家揭开了私人定制哈密瓜之谜,让听众在听故事之余,了解了电商在新疆的发展。

获奖理由

此录音专稿地域特色鲜明、主题新颖、音响生动、结构清晰,生动反映了互联网使中国新疆哈密瓜的种植和销售变得现代、时尚。这不能不让人感慨中国西部新疆正在旧貌换新颜,是一篇符合国外听众收听习惯的优秀外宣作品。

新媒体展示

使用手机扫描下方二维码,即可观看本条获奖作品的新媒体展示。

走三沙系列报道

作品信息

作品类型：三等奖·国际传播
刊播单位：《中国日报》
报送单位：《中国日报》
主创人员：李潇堃、张陨璧、刘小利、吴姣
作品字数：588字、617字、376字
刊播版面：要闻1,6
首发日期：2016年5月23日—2016年
　　　　　5月27日

作品简介

2016年5月，"南海仲裁案"结果即将出炉，以美国为代表的西方国家对中国施加了巨大的舆论压力。中国日报社决定实地走访三沙，向世界宣示中国在南海的主权，展示中国为增进地区福祉所作的巨大贡献。

新媒体展示

使用手机扫描下方二维码，即可观看本条获奖作品的新媒体展示。

获奖理由

该报道通过独家搜集史料、亲历者口述、权威专访、记者手记等多种形式呈现。在连续五天的报道中，每天的组合都有不同的主题，生动阐示了中国对南海相关岛屿的主权与对地区和平稳定发展所作出的贡献。

滥诉、妄裁和霸权
难撼中国维护领土主权的决心

作品信息

作品类型:三等奖·国际传播
刊播单位:《光明日报》
报送单位:《光明日报》
主创人员:余晓葵
编　　辑:郭林、吴晓杰
作品字数:1 149字
刊播版面:头版1
首发日期:2016年7月13日

作品简介

2016年7月12日,由菲律宾阿基诺三世政府单方面提起的所谓"南海仲裁案"实体问题裁决结果公布。这篇文章有力地驳斥了所谓仲裁违背法治的本质与祸害和平的居心,坚定地阐明中国维护领土主权的决心。

获奖理由

该文全面、鲜明地阐述了中国对所谓"南海仲裁案"的态度,行文流畅,逻辑清晰,激发了社会民众维护国家主权的坚定信念和对国家决策的坚定支持,更向国际社会传播了中国人民的心声,是一篇配合我国外交斗争的佳作。

新媒体展示

使用手机扫描下方二维码,即可观看本条获奖作品的新媒体展示。

现场直击:中国游客与华人华侨海牙和平宫前抗议南海仲裁闹剧

作品信息

作品类型:三等奖·国际传播
刊播单位:中国新闻社
报送单位:专业报初评委员会
主创人员:沈晨、梁晓辉、德永健、张丹、王子谦、安英昭、张红
作品字数:974字、1 008字、894字
首发日期:2016年6月19日—2016年8月12日

作品简介

"南海仲裁案"是中国外交的一场硬仗,也是国际舆论传播的一场硬仗。中新社在这场重大外交舆论战中,发挥自身优势,利用"独家、深度、多元"的传播手段,组织了这一报道。

新媒体展示

使用手机扫描下方二维码,即可观看本条获奖作品的新媒体展示。

获奖理由

报道行文严谨,阐明多方观点,体现了独特的国际传播视角,运用多元的传播方式,向国际社会传播了中国在南海问题上的严正立场,平衡和对冲了西方主导的国际舆论,为我国在涉南海舆论战中争取主动发挥了一定作用。

老黄与小鹮的故事

作品信息

作品类型：三等奖·国际传播
刊播单位：中国国际广播电台
报送单位：中国广播电影电视社会组织
　　　　　联合会
主创人员：王洋、高桥惠子、王淑君、顾萧
作品时长：29分42秒
刊播栏目：对日广播《中日交流咖啡厅》
首发日期：2016年10月5日

作品简介

记者赴位于河南信阳的董寨国家级自然保护区朱鹮保护站开展了为期一周的采访，以站内的技术工程师"老黄"为主要采访对象，以纪实性的编辑手法，立体地呈现出朱鹮保护工作的现状，以及祖国山河与人文的发展变化。

获奖理由

节目音响丰富，纪实性的采访手段与音响运用方式新颖独特，能够给受众以身临其境的感觉。节目语言简练，整体风格清新朴实，紧密贴合对象国受众喜好，顺其自然地将"人与自然"这一主题传达至受众心中，发人深省。

新媒体展示

使用手机扫描下方二维码，即可观看本条获奖作品的新媒体展示。

图书在版编目(CIP)数据

第27届中国新闻奖获奖作品新媒体展示手册 / 殷陆君,高晓虹主编. — 北京：中国传媒大学出版社,2018.6
ISBN 978-7-5657-2327-8

Ⅰ.①第… Ⅱ.①殷… ②高… Ⅲ.①新闻－作品集－中国－当代 Ⅳ.①I253

中国版本图书馆CIP数据核字(2018)第081770号

第27届中国新闻奖获奖作品新媒体展示手册

DI 27 JIE ZHONGGUO XINWENJIANG HUOJIANG ZUOPIN XINMEITI ZHANSHI SHOUCE

主　　编	殷陆君　高晓虹
策划编辑	王雁来
责任编辑	王雁来
封面设计	王　恬
责任印制	曹　辉
出版发行	中国传媒大学出版社
社　　址	北京市朝阳区定福庄东街1号　邮编：100024
电　　话	010-65450532 或 65450528　传真：010-65779405
网　　址	http://www.cucp.com.cn
经　　销	全国新华书店
印　　刷	三河市荣展印务有限公司
开　　本	889mm×1194mm　1/32
印　　张	11.25
字　　数	538千字
版　　次	2018年6月第1版　2018年6月第1次印刷
书　　号	ISBN 978-7-5657-2327-8/I·2327　定　价　69.00元

版权所有　　翻印必究　　印装错误　　负责调换